KB139368

오늘 파도는 좋아?

오늘
파도는
좋아?

이재위 에세이

핀드

파도를 향해 나아가는 서퍼들은 무엇을 해야 할지 안다.

산을 오르는 등반가들에게는 올라야 할 정상이 있다.

그러나 우리는 물 밖으로 나와서, 산에서 내려와

어디로 가야 할지 모를 때가 있다.

길을 잃지 않기 위해 문밖의 시간을 기록하고자 한다.

차례

문밖으로

하와이나 캘리포니아처럼 서핑으로 유명한 도시로 출장을 떠날 땐 6피트짜리 파이젤 서프보드를 가장 먼저 챙긴다. 미국 현지의 셰이퍼에게 작업을 맡겨 두 달 만에 받은 첫 커스텀 보드다. 출장지에서의 모든 업무가 끝나면 차에 보드를 싣고 서핑으로 유명한 해변을 향해 떠난다. 서핑은 언젠가부터 고된 출장도 기꺼워하게 하는 하나의 이유가 되었다.

서퍼들로 붐비는 시간대를 피해 바다로 나아가며 새벽 공기를 마시는 것, 바다를 부유하며 마을을 바라보는 것, 그곳을 이루는 돌과 모래와 너울을 관찰하는 것, 여전히 영혼이 파도를 타고 있는 전설적인 서퍼들과 그들의 삶을 떠올리는 것. 서핑은 이 모든 즐거움을 알려주었다.

문밖의 즐거움 중 또 다른 하나는, 삶의 태도에 대한 답을 자연에서 얻는다는 것이다. 하루는 양양에서 친구들과 서핑을 하면서 해가 지도록 바다에서 나오지 않았다. 한 키가 넘는, 크고 힘센 너울이 밀려오던 날이었다. 보드에 앉아 해변 쪽을 바라보니 구옥의 지붕 뒤로 거미가 내리는 설악산 자락이 보였다. 길가의 가로등이 짧은 간격으로 불을 밝히기 시작했다. 어느 순간 파도의 크기가 눈으로는 가늠되지 않을 만큼 어두워졌다. 파도가 부서지며 남기는 공기와 소리에 집중했다. 그러다보니 두려움이 사라졌다. 파도의 피크 더 가까이서 그것을 잡아낼 수 있었다. 오래전, 한밤에 인수봉에 오르던 날이 떠올랐다. 고도를 알 수 없는 단애의 끝. 때때로 어둠 속에서 안도감을 얻기도 한다. 언젠가 인생의 어두운 나날을 지날 때에도 그날 그 밤의 자세를 떠올릴 것이다.

아웃도어는 산을 오르고 파도를 타는 격렬한 행위만을 일컫는 것은 아니다. 자연에서 얻은 재료와 모닥불만으로 요리를 하거나, 식물을 가꾸거나, 나무를 깎아서 쓸모 있는 무언가를 만드는 행위도 모두 아웃도어다. 자연과 인간을 연결하는 것. 나는 그런 일에 몰두하는 사람들과 만나는 것이 좋다. 그들의 투박한 손에 자연의 이치가 담겨 있는 것 같아서다.

2016년 가을, 가평에서 쪽과 양파, 홍화 등을 이용해 천연 염색을 하는 윤영숙 씨를 만났다. 그는 감물 들인 천을 빨랫줄이 아니라 너럭바위에 널었다. 그 위에 조약돌을 올려두고 일조량의 차이로 소기의 무늬를 얻는다고 했다. 마른 천을 자세히 들여다보면 벌레가 지나간 흔적이 있고 비가 고여 있던 자리도 보였다. 사진으로 치면 일종의 장노출 기법을 쓴 셈이다. 단순함이 시간이 깃들 자리를 마련해주었구나 생각했다. 기다림은 때때로 괴롭지만 자연은 모든 것을 시간으로 증명한다. 자연히 흘러가는 시간 속에서 벌레의 움직임, 파도의 오고 감, 천천히 쌓이는 눈이 자연의 증거가 되어주는 것처럼 내가 몸을 움직여 누린 것들이 나를 증명해줄 것이라 믿는다.

클라이밍부터 트레일 러닝, 하이킹, 스키, 서핑까지, 문밖에서 나의 관심은 조금씩 변해왔다. 약간은 겉멋에 타투를 하고 피부를 검게 태우고 머리도 기르면서 쿨한 취미를 가져보기도 했다. 그러나 손바닥 위의 돌멩이처럼 작고 나약한 존재로서 거대한 산과 바다를 탐구하고 싶다는 순수한 욕구가 변한 적은 없다. 클라이밍은 바위를, 트레일 러닝은 산길을, 하이킹은 능선을, 서핑은 파도를 따라 자연을 추구하고 탐구한다. 그것들은 서로 다른 세계가 아니다. 바다에서 산이 솟아오르듯 문밖의 활동은 서로 연결되어 있다. 클라이밍을 하려면 등반에 적합한 암벽에 닿기까지 먼 길을 걸어야 하고, 외진 해변에서 머물며 서핑을 하려면 그곳에서 밤을 보낼 장비와 지혜가 있어야 하는 법이다.

자연에서 살고자 하는 사람은 얼마나 오를지가 아니라, 어떻게 오를지를 고민하는 자다. 나는 산책을 하고 차를 마시고 이불을 정리하듯 자연에서 살고 싶다. 흙과 파도, 오르는 마음과 흘러가는 마음, 겨울나무와 봄 바위, 밤과 낮, 강과 길, 삶의 바깥과 안쪽을 살피러 나는 오늘도 문밖으로 나간다.

1부

막 커지기 직전의 파도처럼

서핑의 시작

여름은 가벼운 계절이어서인가. 여름엔 꿈을 많이 꾼다. 푸른 꿈을 꾸던 여름날이었다. 길 위의 자동차와 입간판과 내 몸까지 욕조에 던져 넣고 싶을 만큼 무더웠다. 그러다 서핑이 떠올랐다. 서핑은 내가 알고 있는 한 가장 기묘한 것이었다. 『고아웃』 잡지사에서 일하던 첫해 여름, 2012년 6월호의 주제는 '서핑'이었다. 그때 『고아웃』 편집장이던 정아진 선배는 내게 우리나라 1세대 서퍼인 허석환을 소개해주었다. 그는 지금 강원도 고성에서 서핑을 가르치며 그림 그리는 아내와 즐겁게 산다.

얼마 전 허석환과 함께 서핑을 했는데 "그게 벌써 십 년도 넘었구나!" 하면서 서로를 보며 웃었다. 십 년이면 해변의 모양도 변한다. 십 년 전 그때, 우리는 서핑을 생각하면 마음이 빵처럼 부풀어올랐다.

서핑을 배워보고 싶다는 생각은 해보지 못했다. 서핑은 화성 탐험처럼 나의 경험과 지식 밖에 있었다. 단지 외계인처럼 여겨지던 서퍼의 존재를 눈으로 확인하고 싶었다. 그들을 만나려면 먼저 파도를 기다려야 했다. 해가 지면 새들이 숲으로 돌아가듯 파도가 오면 서퍼들은 바다로 향했다. 허석환은 기상 정보를 확인하고 출장 날짜를 정했다. 파도는 한 곡의 악보와 같이 섬세했다. 여러 악기가 함께 연주하는 협주곡처럼 대자연의 작은 요소가 서로 맞물리며 파도타기에 적합한 파도를 만들어냈다. 너울의 크기와 방향은 물론, 조수의 간만도 파도의 컨디션에 영향을 끼쳤다.

너울만큼 바람에 대해 아는 것도 중요했다. 해변으로부터 바다 쪽으로 부는 약한 바람은 파도의 면을 깨끗하게 했다. 서퍼들은 맑고 반듯한 파도를 보고 유리 같다고 했다. 너울을 받아줄 해변의 지형은 파도가 부서지는 지점과 방향을 좌우했다. 이런 것들을 조합해보면 그날 어느 해변의 파도가 좋을지도 예측이 가능했다. 좋은 파도라니? 파도의 좋고 나쁨에 대해서는 한 번도 생각해본 적이 없었다.

시간이 지나, 동해안에 파도가 온다는 예보를 확인할 수 있었다. 허석환의 안내를 따라 양양에 갔다. 죽도 해변과 기사문 해변에 가보니 단 네 개의 서핑숍이 있었다. 그마저도 캠핑 트레일러를 개조하거나 오래된 구옥을 고쳐서 쓰는 것이었다. 수십 개의 서핑숍과 카페가 생긴 지금과는 비교할 수 없을 만큼 조용한 바닷가 마을이었다. 멀리서 파도 위를 가로지르는 서퍼들의 모습이 눈에 들어왔다. 그들의 움직임은 음악에 견주어봄 직했다.

실제 서퍼들은 때때로 그들 자신을 음악에 비유하곤 한다. 롱보드는 재즈의 선율을 여유로이 걷고, 쇼트보드는 힙합의 16비트 위를 정신없이 오르내린다. 서핑숍에

틀어놓은 음악만 들어도 그 서핑숍이 어떤 스타일의 서핑을 선호하는지 알 수 있을 정도다. 양양에서 만난 로컬 서퍼들은 서프보드를 허리춤에 든 채 맨발로 총총 걸어 다녔다. 까맣고 작은 근육이 도드라진 몸들, 파도를 부유해온 어깨와 무릎 사이에 리듬이 착착 감겨 있다. 나는 제주도 출신의 서퍼가 운영하는 서핑숍에서 강습을 받고 서핑을 체험하게 됐다. 지금 생각해보면 입문자에겐 꽤 큰 너울이 들어오던 날이다. 전날은 파도가 방파제를 집어삼킬 만큼 큰 너울이 일었다고 했다.

아무것도 할 수 없었다. 서핑은 달리는 기차에 올라타는 것만큼 어려운 일이었다. 빈 과자 봉지처럼 기운이 완전히 빠져나간 뒤에도 파도는 내 몸을 붙잡고 수면 아래로 끌고 들어갔다. 크고 노련한 레슬러와 대결하는 기분이었다. 그러나 꽤 오랫동안 바다에 남아 있었다. 왠지 억울한 기분도 들었다. 힘도 정신력도 젖은 종이처럼 늘어진 채 해변으로 돌아왔다. 서핑은 많이 어려웠고, 함께 바다에 떠 있던 눈이 깊은 남자들에게선 왠지 모를 냉소가 느껴졌다. 나의 어설픈 몸짓을 비웃는 것 같았고 혹여나 자신들의 파도타기를 방해할까봐 경계하는 눈치였다. 저녁에 다시 서핑숍을 찾아갔다. 녹음기를 켜고 여덟 명의 서퍼들과 마주 앉아 이야기를 나누었다. 녹취를 푸는 데 많은 시간이 필요했던 기억이 난다. 서퍼들의 이야기를 듣다보니 차갑게 느껴졌던 그들의 태도도 조금은 이해할 수 있었다. 지금까지도 양양에서 서핑숍을 운영하고 있는 고성용은 로컬리즘에 대해 당시 이렇게 설명했다.

"제주도에서 태어나 어릴 때부터 중문 해변에서 서핑을 했어요. 그곳의 서퍼들은 대를 이어 제주도에서 살아온 토착민이에요. 오랜 시간 해변을 청소하고 질서를 만들어왔죠. 하지만 다른 지역에서 온 서퍼들이 해변을 더럽히고 룰을 어기며 서핑하는 경우를 봐왔어요. 조류가 강하거나 지형이 험한 구역은 조심하라고 해도 결국 사고가 나기도 했고요. 로컬 서퍼들에게 텃세를 부린다고 하지만 이런 일들이 불거지면 전체의 문제가 돼요. 로컬리즘은 그 지역에 대해 잘 알고 있는 서퍼들 사이에서 만들어진 하나의 서핑 문화예요."

로컬 서퍼는 해변의 환경과 질서를 유지하고 안전을 지킨다. 실제로 해마다 많은 해수욕객이 로컬 서퍼들에 의해 구조된다. 반대로 그들은 이방인과 마찰을 겪기도 한다. 해외의 서핑 포인트로 서프 트립을 다니다보면 바다를 독차지하려는 이기적인 로컬 서퍼들을 만나기도 한다. 몇몇은 민감한 경호원처럼 군다. 얼마 전 발리에서 만난 한 로컬 서퍼는 자신의 강습생을 보호한다는 이유로 바다 위에서 30분 동안이나 욕을 해댔다. 그러나 모든 로컬 서퍼가 그런 것은 아니다. 성숙한 로컬 서퍼는 이방인에게 좋은 파도를 양보하고 응원을 보낸다. 외지에서 온 서퍼는 해변의 음식점과 숙소를 이용하며 지역사회에 도움이 되므로 로컬과 이방인은 함께 살아가는 공생 관계다. 서핑이야말로 여행자가 로컬이 되는 가장 그럴듯한 이유이기도 하니까.

서프 문화를 동경하는 브랜드의 모자나 티셔츠에는 유독 '로컬Local'이라는 단어가 많이 쓰여 있다. 그것은 바다라는 경외의 대상을 바라보며 살아가는 이들의 신념 같은 것인지 모른다. 그리고 손님을 맞이할 준비가 되었다는 자부심의 의미도 있을 것이다. 다른 지역에서 온 서퍼는 바다의 지형과 물때, 조류의 방향 등에 대해 알기 위해 로컬의 조언을 존중해야 한다. 바다는 거대하고 변화무쌍하며 한눈으로는 절대로 알 수 없는 세계이기 때문이다.

나는 괴롭기만 하던 첫 서핑 이후, 매달 한두 번씩 양양을 찾게 되었다. 그러다 어느 순간 여느 서퍼들처럼 서핑에 빠져버렸다. 그 이래로 십 년이 넘게 서핑을 하고 있다. 일 년에 한두 번은 하와이, 캘리포니아, 발리, 호주, 일본 등으로 서프 트립을 다녀온다. 주변 사람들은 내가 서핑에 대해서 얘기할 때 눈이 반짝인다고들 한다. 서핑에 대해서라면 하루 종일도 얘기할 수 있을 것이다. 서핑은 내가 인생을 살아가는 하나의 방식이 되었다. 서핑은 독서와 같다. 서핑을 통해 삶의 관점과 태도를 배우고 있다. 지금 나는 행간을 읽어내듯 파도의 흐름에 잠시 나를 맡기는 중이다.

서퍼가 파도 위에 있을 때

한 점심 자리에서 만난 남자가 서핑으로 까맣게 그을린 내 피부를 보고는 휴가를 다녀왔는지 물었다. 자연스럽게 서핑에 대해 이야기했다. 그는 우리나라에도 서핑을 할 만한 파도가 있느냐고 물었다. 지난달 양양에 갔는데 파도가 전혀 없었다는 것이다. 그 말엔 약간의 조소가 담겨 있었다. 그가 본 건 아주 작은 파도와 워터파크를 연상케 하는 인파와 서프보드를 들고 사진을 찍는 관광객뿐이었을 거다.

시간이 머문 가죽이나 와인에 그것만의 깊이가 생기

듯이 문화도 성숙하기까지 시간이 필요하다. 우리나라에서 서핑은 빠르게 산업화됐다. 토착민을 기반으로 천천히 로컬 문화를 만들어갈 새도 없이 몇몇 해변은 술집들로 가득 찼다. 서핑으로 유명해진 해변에는 리조트가 들어섰다. 아침에 파도를 보러 해변에 갔다가 코를 찌르는 쓰레기 냄새에 되돌아온 적도 있다.

오래된 서핑숍과 가게, 로컬 서퍼들의 이야기는 조명을 받을 겨를이 없었다. 여름이면 방송과 잡지 화보의 소재가 되지만 서퍼에 대한 진지한 인터뷰나 로컬 서핑 문화를 다룬 기록은 부족하다. 그것은 이야기가 아니라 이미지로 소비됐다.

해외 출장을 떠나기 전에 하는 일이 있다. 출장지에서 가까운 서핑 포인트를 검색하고 서프보드를 챙기는 것이다. 야영이나 서핑을 할 때만 경험하게 되는 낯선 순간을 즐기고 싶어서다. 한번은 샌프란시스코에 취재가 있어 출장을 갔다. 정해진 일을 마무리하고 120킬로미터쯤 떨어진 산타크루즈 해변으로 이동해 그곳에서 약

일주일 동안 서핑을 즐겼다. 산타크루즈는 서핑의 발상지 중 한 곳으로 알려져 있을 만큼 서퍼들에겐 성지와 같은 곳이다. 그중에서도 유명한 쇼트보드 포인트인 스티머 레인Steamer Lane을 매일 새벽 찾아갔다. 내가 묵었던 호텔에서 족히 30분은 걸어야 했다. 서프보드를 허리춤에 끼고 긴 해변과 언덕을 걸어서 넘었다. 한산한 시간대에 서핑을 하려면 해가 뜨기 전에 출발해야 했다. 등대가 있는 언덕배기에 도착할 때쯤 동이 텄다. 밴에서 생활하는 히피 무리가 부은 눈으로 서프보드에 왁스칠을 하고 있었다. 언덕 아래는 먼 바다에서 밀려온 너울이 해안 절벽을 만나 부서지며 그림 같은 파도를 만들어내는 전형적인 포인트 브레이크였다.

이 지역에는 스티머 레인 외에도 커튼 주름처럼 균일한 파도가 줄지어 들어오는 환상적인 포인트가 많았다. 해변에서 보이는 서핑숍은 두세 개가 전부였지만 등대 건물을 개조한 서핑 박물관이 있고, 길가에는 레전드 서퍼들을 기리는 비석이 놓여 있었다. 타 지역에서 온 서퍼들은 비석 위에 인형이나 꽃을 두고 가며 그들의 삶을 추모하고 산타크루즈를 마음에 품었다. 이곳에서 서핑을 했다는 하와이 출신의 전설적인 서퍼 듀크 카하나모쿠의 동상도 세워져 있었다.

'피자 마이 하트'라는 가게에 가보니 피자 가게의 주인조차 레전드 서퍼였다. 이 작은 도시에서는 어딜 가도 산타크루즈에 얽힌 서핑 이야기를 들을 수 있었다. 그곳에는 서핑을 향유하는 자들이 오고 갔다. 게스트 하우스에서 우르르 쏟아지는 사람들에 내몰려 로컬 서퍼들이 자신들의 구역을 떠나는 일은 없을 것 같았다. 어떠한 서퍼도 자신이 사랑하는 바다와 해변이 시끄러운 클럽으로 유명해지길 원하진 않을 거다.

우리나라에도 멋진 파도가 들어오고, 오로지 서핑에 집중할 수 있는 해변이 로컬 서퍼들 덕분에 지켜지고 있다. 어떤 사람들은 우리나라의 파도가 너무 작거나 거의 없다고 말한다. 그러나 쉽게 말하자면 파도는 날씨다. 파도가 없는 날만 보고 파도가 없는 해변이라고 일반화하는 것은 비가 오지 않는 날만 보고 비가 오지 않는 도시라고 말하는 것만큼 우스운 일이다. 다만 우리나라는 가을, 겨울 시즌에 동해안에 파도의 빈도가 높고 너울도 크게 이는데, 이때는 바다를 찾는 사람들이 많지 않다보니 왜곡된 인식이 생길 만하다. 서퍼이자 수중 촬영 전문가인 김동기, 김성은 감독의 서핑 다큐멘터리 「윈터 서프」The Winter Surf, 2014를 보게 된다면 우리나라의 겨울 파도가 얼마나 아름다운지 알 수 있을 것이다.

이 다큐멘터리는 촬영감독 두 명과 국내외 서퍼 여덟 명이 겨우내 강원도에서 상주하며 우리나라의 겨울 서핑을 기록한 6분 30초 길이의 영상이다. 터널처럼 크고 깊은 배럴을 만들어내며 부서지는 파도, 서프보드를 깎는 셰이퍼로 시작해 설악산이 품은 한국의 바다를 서퍼의 관점으로 해석한다. 서퍼가 파도 위에 있을 때 파도는 근원적으로 달라진다. 물의 입자가 모여서 길과 면을 만들고, 중력이 거꾸로 작용하며, 시간의 장력이 느슨해진다. 좋은 서퍼는 파도의 힘과 속도, 방향과 각도, 높이와 결을 읽어낸다. 마침내 서핑을 찍는 카메라는 우주를 내어놓는다. 「윈터 서프」는 현재까지 두 편의 시리즈로 제작됐다.

　우리나라에도 우리만의 서핑 문화를 만들어나가려는 움직임이 있다. 『WSB FARM』 『STONED』 매거진은 우리나라의 서핑 문화를 기록한 몇 안 되는 잡지다. 양양의 로컬 서퍼인 한동훈과 장래홍이 만드는 『WSB FARM』은 국내외 서핑 포인트에 대한 자세한 정보는 물론, 다양한 국가와 문화권의 서퍼들을 심도 있게 인터뷰해왔다. 나는 『WSB FARM』의 첫 번째 잡지가 세상에 나오기까지 약간의 힘을 보탰다. 여러 가지 일 중에서도 기억에 남는 것은 호주에서 살고 있는 한국계 빅웨이브 서퍼 샘 윤의 인터뷰를 퇴고한 것이다. 샘 윤의 인터뷰를 들으며 진정한 문화는 인간을 성숙하게 한다고 믿게 됐다. 그는 이렇게 말했다.

　"나는 서핑으로 인해 인생이 바뀌었다. 그것은 단순히 파도를 타는 행위를 넘어 세계를 진지하게 관찰하고 사람을 대하는 자세를 생각하며 이루어졌다."

　홍영석은 체육 교사로 일하다가 지금은 글을 쓰고, 사진을 찍고, 자신이 발행하는 잡지 이름을 딴 술집을 운영하고 있다. 잡지 『STONED』는 스케이트보드, 모터바이크, 서핑까지 연관성 있는 세 개의 하위문화를 다룬다. 만들고 싶은 대로 만든 책이어서 좋다. 텍스트에서 영상으로, 종이에서 스마트폰으로 여러 방식의 정보 전달 매체가 생겨났지만 나는 여전히 잡지가 가장 마음에 든다. 잡지에는 '에디터 마음대로'라는 말랑함이 있고, '에디터 하고 싶은 대로 한다'는 인간적인 결의가 있다. 때때로 편집장들은 "이건 취미 생활이 아니야!"라고 일갈하지만 사실 그것은 취미 생활에 가깝다.

또한 우리나라에도 유소년 서퍼들이 날로 성장하고 있다. 국제 대회에 참가하는 프로 서퍼들도 활동 중이다. 캐나다 출신의 아버지와 한국인 어머니 사이에서 태어난 카노아는 양양에서 살며 서핑을 배웠다. 카노아는 열네 살의 나이로 인도네시아 크루이에서 열린 월드서프리그 주니어 프로 대회에 한국을 대표해 출전했다. 그는 자신보다 네다섯 살은 많은 형들과 경쟁했다. 어쩌다 라인업에서 카노아를 만나면 그의 서핑 실력을 가까이에서 볼 기회가 생긴다. 내가 겨우 글로 묘사하는 걸, 카노아는 일순간 몸으로 그려낸다. 성인부에서는 임수정과 임수현 남매, 조준희, 설재웅이 내가 알고 있는 우리나라의 프로 서퍼들이다. 종종 SNS에 올라오는 그들의 서핑 영상을 볼 때 경이롭다. 우리나라가 서핑을 하기에 열악한 환경인 것은 부정할 수 없으나 그들에게서 가능성을 본다. 막 커지기 직전의 파도를 볼 때처럼.

양양에서 제주까지

십삼 년 차 에디터인 나에게 모처럼 긴 휴가가 주어졌다. 한 달 동안 회사에 가지 않아도 됐다. 기념일에 마실 와인을 고르듯 휴가 기간에 무얼 할지 고민했다. 대만 화롄에 가서 서핑을 할까? 꽤 오래 전 화롄에서 온 대만 서퍼들의 거처를 마련해주고 운전을 도와준 적이 있다. 항상 그들을 찾아가고 싶었다. 대만 친구들이 사진으로 보여준 그곳에는 파도가 고운 천의 주름처럼 펼쳐져 있고, 구슬처럼 빛나는 자갈이 해변에 가득했다. 일본 도쿄에서 전철로 갈 수도 있다는 치바 해변도 가보고 싶었다.

그러나 잡지사에 다니는 아내가 유독 늦은 밤에나 끝나는 시기였고, 반려동물들을 돌볼 집사도 필요했기에 멀리 떠나기엔 부담이 되었다. 아내와 상의 끝에 파도가 있을 땐 양양을 자유롭게 오가고, 한 번쯤은 제주도에 다녀오기로 했다. 바다와 숲에 가지 않는 많은 날들엔 빨래를 하고 청소를 하고 반려동물을 돌보며 지냈다. 매일 차를 마시듯 글을 썼다. 빨래방이나 카페에 노트북을 가지고 다녔다. 휴식을 기록하는 것이 즐거웠다. 예민한 감각을 잠재우고 빨래와 소파와 더불어 털 뭉치처럼 나른한 오후를 보냈다.

가을바람에 숲이 일렁이자 바다에도 너울이 솟았다. 우리나라에서 서핑을 하기 가장 좋은 시기는 10월이 아닌가 싶다. 바닷물에는 여름의 미온이 남아 있고, 살찐 파도는 힘도 좋다. 친구 이해성과 사흘 동안 양양에 다녀왔다. 나의 강아지 데이빗은 친구의 무릎에 앉아 동행했다. 두 번의 밤은 모두 야영을 하며 보내기로 했다. 야영장은 설악산 자락의 너른 소나무 숲에 있었다.

해변에서 20킬로미터쯤 떨어져 있어 서핑 포인트를 오가기엔 조금 불편했지만 이곳을 선택한 데는 이유가 있었다. 데이빗은 해변을 찾은 사람들이 터뜨리는 불꽃을 무서워한다. 해변의 빛나는 밤보다 숲의 아늑한 밤을 따라 설악산 자락으로 왔다. 캠프를 설치하고 곧장 바다로 향했다. 첫날은 꽤 큰 파도가 방파제에서부터 부서졌다. 인구 해변에서 로컬 서퍼 한동훈과 서핑을 했다. 굳이 약속을 하지 않아도 서퍼들은 그날 파도가 가장 좋은 해변으로 모이게 마련이다.

멀리서 밀려온 그날의 파도가 부서지기 직전 올라탄 뒤 짧은 라인을 그렸다. 다시 라인업으로 돌아오면서 한동훈에게 물었다.

"봤어요?"

"응, 봤어."

사진이나 영상으로 남기진 못했지만 누군가 나의 서핑을 지켜봤다는 사실이 좋았다. 파도에 올라선 순간은 단 몇 초이지만, 그것에는 새벽의 명상처럼 시간으로 헤아릴 수 없는 우주가 있다. 오후 4시에 바다에 들어가서 해가 저물 때까지 있었다. 얇은 슈트를 입은 것이 조금 후회될 정도로 추웠다. 저녁노을이 구름을 물들이는 것을 바라보며 해변으로 나와 야영장으로 돌아갔다.

친구 사이에도 하루가 존재한다면, 이해성과 나는 저녁과 밤 사이 어디쯤일 거다. 꼭 해야 할 일을 끝마친 채, 해도 되고 안 해도 되는 것들만 남은 시간. 우리는 "조만간 보자"며 잊어도 상관없는 약속을 한 뒤, 길고양이처럼 뒷골목에서 만난다. 이해성은 서핑을 하지 않는다. 그는 서핑을 하지 않지만 종종 나의 서프 트립에 함께한다. 어느새 바다를 보며 서퍼들의 문장을 되뇐다.

"오늘 파도 좋네."

이해성에게 나의 캠프 사이트를 보여준 건 이번이 처음이었다.

야영장에는 텐트를 설치할 수 있는 나무 데크 주변으로 크고 긴 나무가 자라고, 맞은편 산 사이에 넓은 계곡이 흐르고 있었다. 바위 주변을 에도는 물소리가 산을 깨웠다. 그 덕에 산은 한시도 잠들지 않았다. 우리는 모닥불을 피우고 집에서 가져온 고기와 새우를 구웠다. 주물 팬에 구운 양갈비는 유달리 맛있었다. 모닥불의 향기가 몸을 편안하게 해주었다. 나의 캠핑을 친구에게 소개할 수 있어 뿌듯했다. 데이빗은 밤이 저물수록 이해성의 무릎을 사랑했고.

둘째 날엔 정오까지 늦잠을 잤다. 파도가 예상보다 작았고 바람도 불었기 때문이다. 눈을 뜨니 이해성이 열어둔 셸터 밖으로 맞은편 산이 보였다. 마른 낙엽 향기가 바람을 타고 넘어왔다. 간조 때를 맞춰 느지막이 바다에 나가보았다. 차에서 웨트슈트를 갈아입고 바다로 나가려는 순간 임수정을 만났다. 그는 우리나라를 대표하는 프로 서퍼다. 작은 체구이지만 바다에서는 누구보다도 빠르고 강하다.

"오늘은 너무 멀리 나가는 것보다 쇼어에서 조그만 파도를 골라 타는 게 재밌을 거예요."

작고 컨디션이 좋지 않은 파도라도 가리지 않고 즐기는 그의 모습이 멋지다고 생각했다.

때때로 라인업에서 프로 서퍼들을 만나 그들의 수준 높은 서핑을 눈앞에서 확인하는 건 행운과 같다. 그들은 파도의 힘과 결을 섬세하게 읽어내고, 일순간 파도의 일부가 되어 파도 위를 오르내리다 파도 속으로 사라진다. 임수정이 노을로 물든 파도에 올랐을 때 파도의 면은 그의 뺨에 닿을 정도로 가까웠다. 그리고 수직의 파도 위로 이동하며 변곡선을 그려낼 때 하늘에 고운 물 입자가 날리면서 작은 무지개를 만들어냈다. 그의 존재가 바다를 변화시키고 있었다.

파도의 높이와 간격, 바람의 방향과 속도를 알려주는 앱으로 파도 차트를 보니 양양에는 서핑을 할 수 있는 파도가 당분간 없을 것 같았다. 다른 계획이 필요했다. 서울로 돌아가 휴식을 취하고 다시 제주도로 떠나기로 했다. 더 긴 여정이 예상되었으므로 나뿐만 아니라 데이빗에게도 집에서 쉴 시간이 필요했다. 이틀 뒤에 나와 아내 그리고 데이빗은 제주도로 향했다. 서프보드와 캠핑 장비를 가득 실은 차로 완도까지 간 뒤에 카페리를 타고 제주도로 이동하기로 했다.

서울에서 완도까지는 6시간 동안 운전해야 하지만, 완도에서 제주도까지는 배로 2시간 반이면 닿았다. 카페리는 처음이라 조금 긴장됐다. 반려견 동반이 가능한 원룸형 방에서 예닐곱 마리의 강아지와 함께 항해했다. 2시간 반은 잠을 자기엔 애매해서 글을 썼다. 아내와 데이빗과 내가 담요를 둘러쓰고 작은 공간을 만들었다. 누추했으나 모닥불이라도 핀 듯 따뜻한 공기가 감돌았다. 작은 모험을 앞두고 불안한 마음이 서로의 존재를 이불처럼 끌어당겼다.

제주도는 아내와 내가 처음으로 함께 야영을 했던 곳이다. 연애하던 때, 텐트와 야영 장비를 꾹꾹 눌러 담은 배낭을 메고 협재 해변을 찾아 하룻밤을 보냈다. 바닷바람을 막기 위해 가꾼 방풍림 사이, 덥지도 춥지도 않은 가을이었다. 바람이 불면, 그 바람에 실려 오는 나무의 소리와 바다의 향기가 좋았다. 우리는 시간이 지나서도 그때를 자주 떠올렸다. 기억도 책장처럼 정리할 수 있다면 손이 자주 가는 키 높이 어딘가에 꽂혀 있을 것이었다. 이번 여행도 오랫동안, 자주 꺼내 볼 수 있는 기억이 되길 바랐다.

제주도는 가을에 북쪽에서 스웰이 밀려온다. 스웰은 규칙적인 패턴으로 오는 파도의 흐름을 말한다. 북서쪽부터 곽지, 이호테우, 월정 해변 등이 제주에서 알려진 북쪽 서핑 포인트였다. 이곳들 중 어딜 가도 1시간이 걸리지 않는 조천읍에 야영지를 정했다. 제주도에서의 서핑은 중문 해변에서 몇 번 해본 것이 전부였다. 파도의 크기나 컨디션을 떠나서 새로운 포인트를 찾아간다는 생각에 설렜다.

아내와 나는 아침 시간의 대부분을 가벼운 산책이나 오름 트레킹을 하며 보냈다. 걷기는 자연으로 들어가는 최고의 방법이기 때문이다. 넓고 깊은 분화구에서 다양한 생명이 자라나는 금오름과 은빛 갈대가 호수처럼 펼쳐진 아끈다랑쉬오름을 올랐다. 오래전 단둘이 야영을 했던 협재 해변의 작은 숲에도 다시 가보았다. 천천히 걸으면 굳이 무언가에 집중하지 않아도 됐다. 숲의 호흡을 따라가면 그만이었다. 아내는 걷는 걸 좋아했다. 걷기에 있어서만큼은 나보다 나았다. 아내의 등을 보며 걸으니 그 등에 업힌 기분이 들었다. 지붕 위를 걷듯 오름의 가장자리를 조심조심 걸을 때 제주도의 바람과 정면으로 마주칠 수 있었고 초원과 목장, 도로와 집이 보였다. 멀리서 바다가 넘칠 듯 일렁였다.

제주도에서의 첫 서핑은 이호테우 해변에서 했다. 바다에 포말이 가득했다. 바람이 불자 파도가 이리저리 넘어지며 지저분해졌다. 여기저기 동시다발적으로 파도가 쳤고, 서퍼들이 뒤엉켜 있어서 위험해 보이기도 했다. 해변 바로 앞에 있는 서핑숍 주인에게 물으니 북서 스웰의 영향을 받을 때는 많은 로컬 서퍼들이 이곳을 찾지만 파도가 있는 날에는 어김없이 바람이 분다고 한다. 아쉬움이 남는 서핑이었지만 새로운 서핑 포인트를 경험했다는 사실만으로 만족스러웠다. 차가운 바다에서 서핑을 하고 나면 머리가 맑아졌다. 눈을 감으면 파도가 몸을 잠시 붕 띄워주는 기분이 들었다. 내가 서핑을 하는 동안, 아내와 데이빗은 해변을 산책했다. 야영장으로 돌아와 캠프 사이트를 정비하고 모닥불을 피우자 평온한 밤이 찾아왔다.

나흘 차에도 파도가 높게 일었고 바람이 거셌다. 곽지

해변이나 이호테우 해변 모두 파도의 컨디션이 나빠 보였다. 서퍼들에게 얼핏 들은 바 있는 한담 해변으로 가보았다. 주차를 하고 가파른 언덕 아래를 내려다보니 작은 모래톱이 보였다. 성인 열 명 정도가 누우면 꽉 찰 것 같은 모래톱을 제외하곤 모두 검은 바위로 이루어진 해변이었다. 지형적으로 해변의 삼면을 높은 언덕과 절벽이 막고 있어서 바람의 영향이 적은 듯했다.

꽤 두꺼운 너울이 왼쪽부터 부드럽게 부서져 내렸다. 다만 바다에서 서핑을 하는 사람이 아무도 없고, 아무리 인터넷을 검색해봐도 서핑 포인트로서의 정보가 나오지 않았다. 아내가 걱정스러운 표정을 지었다.

"혼자라도 들어가볼까?"

"위험해 보여. 해변이 전부 돌이잖아."

"파도가 그리 크지 않으니 괜찮을 것 같아."

"들어가려면 내가 안 볼 때 들어가."

"왜?"

"무서워서 못 보겠어."

우리는 한참 동안 언덕에 서서 바다를 바라봤다. 서핑

은 이렇게 바다를 바라보는 것부터 시작한다.

　프로 서퍼 임수현에게 메시지를 보내 한담 해변에 대해 물었다. 그는 앞서 양양에서 만난 임수정의 남동생이다. 그는 제주도에서 군 복무를 하면서 이곳의 여러 서핑 포인트를 경험해봤기에 한담 해변에 대해서도 알고 있을 것 같았다. 곧 답장이 왔다. 북동 스웰이 올 때 보통 곽지 해변보다 파도의 컨디션이 낫다는 것. 그러나 아무도 없는 바다에서 라인업 위치를 정하고 파도가 부서지는 지점을 찾는 일은 오로지 혼자서 해내야 했다. 용기를 내서 바다로 들어갔다. 해변 가까이에는 날카로운 돌이 가득했지만 30미터 정도 패들해 나가니 모래 바닥이었다. 수심이 그리 깊지 않았고 조류도 심하지 않았다. 해변으로부터 100미터 정도 떨어진 지점까지 나아간 뒤 서프보드에 앉아 파도를 기다렸다. 아내와 데이빗이 점처럼 조그맣게 보였다. 그 존재가 위안이 되었다. 아내가 앉아 있던 한담 해변의 산책로에는 관광객들이 많았는데, 그중 몇 명은 바다에 떠 있는 나를 보며 걱정했다고 나중에 아내가 말해줬다.

서프보드에 앉아 파도를 기다린 지 얼마 되지 않아 서너 개의 큰 너울이 다가왔다. 패들을 해서 두 번째 너울이 부서지기 직전 올라탔다. 파도의 면이 보였다. 보드의 테일을 밟고 있는 발목을 통해 파도의 힘이 느껴졌다. 좋은 파도라는 생각이 들었다. 파도가 어느새 나를 검은 바위로 이루어진 해변 가까이 데리고 갔다. 잠시였지만 심장이 뛸 정도로 흥분됐다. 서핑은 위치에너지를 통해 시간을 길게 늘리는 마법 같다. 1초를 10초처럼, 10초를 1분처럼 느끼게 하니 말이다. 한담 해변에서의 서핑은 나의 서핑 인생에서 큰 경험이 되었다. 누군가를 쫓아가거나 따라 하지 않고, 오직 파도에 대한 나의 믿음만으로 서핑을 한 것은 처음이었다. 물론, 멀리서 지켜봐준 가족이 없었다면 그런 용기는 내지 못했을 것이다.

다음 날은 제주도 북동쪽의 대표적인 서핑 포인트인 월정 해변으로 갔다. 모든 레벨의 서퍼들이 탈 수 있는 적당한 크기의 파도가 들어왔고 많은 서퍼들이 방파제 부근에 앉아 있었다. 나는 메인 포인트에서 조금 떨어진 해변 근처에서 작지만 입술처럼 둥글게 컬이 생기는 파도를 골랐다. 한담 해변에 이어 파도를 보는 나의 눈을 믿어보기로 한 것이다.

"모든 파도를 다 타려고 하면 하나도 탈 수 없어. 오늘 너의 파도 단 하나만을 탄다고 생각해봐."

영덕에서 서핑숍을 운영하며 지내는 수현 누나의 말을 떠올렸다. 좋은 파도를 탈 수 있었고, 제주도에서 나만의 서핑을 한 것 같아 좋았다. 나만의 달리기, 나만의 등반, 나만의 서핑, 나만의 파도. 나만의 인생을 살아나가는 데도 나의 믿음이 가장 중요한 것이다.

우리는 제주도에서 며칠을 더 보냈다. 요즘 수영에 빠져 있는 아내는 수영복과 핀을 챙겨 왔고, 50미터 레인이 있는 제주종합경기장과 서귀포 국민체육센터를 찾아 수영을 했다. 아내에게 제주도를 여행하는 동안 무엇이 가장 좋았는지 물으니 수영이라고 했다. 제주도까지 와서 수영장에 가는 여행자는 드물 것이다. 수영장에서 만난 사람들은 대부분 제주 도민이었는데 공교롭게도 그곳에서 제주도 방언을 가장 많이 들었다며 아내는 재미있어했다. 나는 한담 해변에서의 서핑이 가장 좋았다.

데이빗은 무엇이 가장 좋았을까? 오름을 걷고, 바닷바람을 쐬고, 모닥불에 코끝을 녹이며 뼈다귀를 뜯던 시간이 데이빗에게도 마음에 들었길 바란다.

우리는 고양이들이 기다리는 집으로 향했다. 저녁 배를 타고 제주도를 빠져나와 완도에 내렸고, 완도에서 새벽 도로를 달려 서울에 다다를 때쯤 동이 텄다. 새벽 공기를 가르는 자동차에는 나와 아내, 데이빗의 존재 말고는 무엇도 끼어들 수 없는 고요함이 있었다. 우주로 나아가는 배처럼 우리와 미래만이 존재했다. 여행을 이렇게 마무리할 수 있어 좋았다. 아내와 나의 관계도 여행의 거리만큼 성장했을 것이다.

우리는 아침이 되어서야 집에 도착했다. 고양이들이 오랫동안 데이빗을 쫓아다니며 여행의 단서를 추적했다. 데이빗은 의기양양하게 제주도의 냄새를 자랑하는 것 같았다. 남은 휴가의 나날은 다시 집안일을 하고 반려동물을 돌보고 글을 쓰며 보냈다. 그게 숲과 바다에서 현실로 돌아오는 가장 좋은 방법이기에.

겨울 바다로 가자

겨울은 어떤 계절일까. 커피를 내리는 아내를 보며 생각한다. 겨울은 끊임없이 따뜻한 걸 만들어내는 계절인가? 겨울엔 음식도, 공간도, 사람도 아침을 여는 세탁소처럼 따뜻해지느라 분주하다. 새로 다린 셔츠처럼 따뜻해져서 누군가의 곁이 될 준비를 한다. 그러니 내가 겨울이 왔다고 느낄 때는 추위가 아닌 따뜻함을 감지할 때다. 따뜻한 눈빛, 따뜻한 손길, 따뜻한 말 한마디. '따뜻하다'라는 단어에는 감각 너머의 마음이 있다고 믿는다. 아내의 커피를 받아 들며 겨울이 왔다고 생각했다.

문밖의 겨울은 조금 더 일찍 찾아왔다. 야영장에서 피우는 모닥불 주변에, 티피 텐트 중앙에 설치한 화목 난로 앞에, 두꺼운 침낭 속에. 나는 한겨울에 하는 야영이 좋다. 겨울의 야영은, 어디까지나 그 따뜻함이 좋은 것이다.

다용도실에 걸어둔 두꺼운 동계 서핑 슈트를 챙길 때에도 겨울이 왔음을 새삼 느낀다. 사람들은 겨울 서핑이 얼마나 추운지에 대해 무척 궁금해한다. 겨울 서핑이 추운 건 사실이지만, 동계 장비를 잘 준비하고 있다면 너무 겁부터 낼 일은 아니다. 북극의 해변에서 서핑을 하기 위해 아이슬란드를 찾는 서퍼들을 다룬 다큐멘터리 영화 「북극 하늘 아래서」Under an Arctic Sky, 크리스 버카드 감독, 2017, 영하 11도의 수온에서 반쯤 얼어버린 이른바 '슬러시 웨이브'를 즐기는 서퍼들을 기록한 조나단 니머프로의 영상 「슬러피 웨이브」Slurpee Waves, 2018만 봐도 추위를 잊게 하는 겨울 서핑의 매력을 엿볼 수 있다. 우리나라에서 겨울 서핑을 할 때는 5밀리미터 두께의 웨트 슈트와 머리, 손발의 체온을 보호할 추가 장비만 있으면 된다. 밖에 서 있기만 해도 추운 영하의 날씨여도 수온은 웬만큼 10도 이상을 유지하기에 오히려 물속이 덜 춥게 느껴지기도 한다. 때때로 이른 아침이면 육지와의 온도 차로 인해 물안개가 피어나는 바다도 볼 수 있다.

기상예보가 겨울 파도 소식을 알리면 가장 먼저 겨울 서핑을 위한 웨트슈트와 후드, 글러브, 부츠를 꺼내 상태를 살핀다. 수개월 만에 슈트를 꺼내보니 작년 겨울에 묻혀 온 모래가 아직 남아 있었다. 파도 소리 대신 빨래 뒹구는 소리에 뒤척이던 모래가 슈트에 박힌 채로 반짝였다. 파도가 매섭게 치던 날일수록 더 많은 모래가 슈트에 박혀 이곳에 왔을 것이다. 우리나라는 겨울에 북동스웰의 영향을 받아 동해안에 큰 너울이 찾아온다. 겨울 파도는 눈밭을 구르는 눈덩이처럼 해변에 가까워질수록 몸집이 크고, 빠르고, 단단해진다.

마지막으로 겨울 바다에 들어갔던 날을 떠올려본다. 작년 3월의 어느 날, 동해의 파도는 어딜 가나 크고 거칠어 보였다. 파도가 너무 크다 싶을 때는 고성 봉수대 해변을 종종 찾는다. 수심이 깊은 봉수대 해변은 큰 너울도 거뜬히 품어낸 뒤 방파제서부터 차례로 무너뜨린다. 오래전 태풍 파도가 왔을 때 이곳에서 내 키의 두 배가 넘는 파도 위에 올라타는 데 성공했다. 그다음 파도에선 9.2피트짜리 롱보드가 두 동강 났다. 그날 이후로 형들은 내게 '빅 웨이브 리'라는 별명을 붙여줬다. 그날의 사진 속에는 부러진 보드를 들고 해맑게 웃고 있는 빅 웨이브 리가 있다. 겁이 없던 빅 웨이브 리, 가진 것도 없던 빅 웨이브 리, 겁도 가진 것도 없어서 거친 파도에 뛰어들곤 했던 빅 웨이브 리.

지난해 겨울의 마지막 서핑도 봉수대 해변에서 했다. 봉수대 해변에서 서핑을 할 때마다 빅 웨이브 리를 떠올리며 용기를 낸다. 그러나 봉수대 해변 근처에는 서핑숍이 없다. 평소에는 주차장에서 커다란 비치타월을 허리에 두른 채 생수병 하나로 바닷물을 씻어낸다. 작년 겨울에는 고성 공현진 해변이 바라보이는 곳에서 카페를 하는 곽용인, 길고은 부부의 집을 찾아 따뜻한 물로 샤워를 했다. 그들의 친절이 나의 결핍을 메울 때, 벗어놓은 웨트슈트에서 갓 구운 빵처럼 김이 모락모락 피어날 때, "재밌게 탔어요?"라는 서퍼들의 인사를 받을 때 더 없이 따뜻하다고 느낀다. 겨울을 지나고 있는 것이다.

서퍼들은 눈이나 비가 내릴 때 서핑하는 것을 좋아한다. 그럴 땐 잠시 바다에 고요가 찾아온다. 눈과 비는 하늘과 바다를 연결한다. 인간과 자연의 경계가 사라지는 것이다. 종종 여름의 바다에서, 소나기가 잦은 하와이와 발리와 오키나와의 바다에서 비를 맞으며 서핑을 했다. 바다의 일부가 된 기분이었다. 그리고 하늘에서 날리는 눈을 맞으며 서핑을 하기 위해 매년 겨울 바다에 간다. 그중에서도 수년 전 양양에서의 겨울 서핑은 잊지 못할 기억으로 남아 있다. 2016년 2월, 겨울 서핑을 취재하기 위해 양양에 갔을 때 예보에 없던 폭설이 내렸다. 신발장에 널브러진 신발들처럼, 갑작스러운 눈을 피하지 못하고 미끄러진 차들을 심심찮게 발견했다. 마을과 해변과 하늘이 순식간에 눈으로 하얗게 덮였다. 제설차가 바쁘게 오갔다.

서퍼들만은 그 상황을 기꺼이 즐기는 것처럼 보였다. 그때의 기록을 찾다보니 웨트슈트를 입고 허벅지까지 눈이 쌓인 해변에 파묻혀서 찍은 사진도 발견했다. 이제 발리에서 매일 서핑을 하며 살고 있는 박세용과 하조대 해변에서 맥주 펍을 운영하는 김봉철이 사진 속에서 함께 웃고 있었다. 우리는 눈밭을 헤치고 바다로 나아가 파도를 기다렸다. 눈송이가 눈썹에 달라붙어 앞이 보이지 않을 정도였다. 눈에 덮이지 않는 건 처마 밑의 어둠과 파도를 향해 나아가는 서퍼들과 바다뿐. 세상은 온통 노이즈가 잔뜩 낀 필름 사진 같았다. 그때의 사진 속에는 인구 해변의 롱보드 서핑숍에서 난로를 쬐고 있는 우리의 모습도 있다. 서핑숍은 겨울에도 서퍼들의 아지트다. 눈썹 같은 간판에 눈송이가 쌓여갔다.

올겨울에도 파도 소식이 있으면 바다에 갈 것이다. 지난겨울 어느 날의 서핑은 힘들었다. 3시간 동안 파도 하나도 제대로 타지 못했다. 파도가 부서지는 지점을 찾지 못하고 허둥지둥했다. 그러나 겨울 바다의 에너지가 지쳐 있던 몸을 회복시키고 무뎌진 감각을 살아나게 했다. 커다란 파도가 몸을 모래 바닥까지 끌고 내려간 뒤 놓아줄 때, 차가운 바다의 공기를 깊숙이 들이마실 때, 파도의 결을 따라 미끄러져 내려갈 때 겨울 바다의 에너지가 음악처럼 몸과 정신에 깃드는 것 같았다. 그것은 일상으로 돌아와 일을 하고 가족을 돌보는 동안에도 겨울의 어느 뭉글한 기억처럼 내 안에 오랫동안 남아 있었다.

산책 같은 서핑

도쿄마라톤을 앞둔 3월의 첫 주, 주말이 가까워질수록 하네다 공항엔 러닝 복장을 한 사람들이 하나둘 늘었다. 그러나 내가 하네다 공항에 도착했을 때 사람들은 내가 도쿄마라톤에 참가하기 위해 이곳에 온 러너라는 걸 아무도 눈치채지 못했을 것이다. 6피트짜리 서프보드가 든 커다란 보드백과 겨울용 웨트슈트를 구겨 넣은 방수 가방을 어깨에 메고 있었으니까. 게다가 나는 다른 러너들보다 훨씬 더 까만 피부를 가지고 있다. 겉모습만 보면 좋은 파도와 따뜻한 날씨를 찾아 떠돌아다니는 여느 서퍼와 다르지 않았다.

사실 도쿄마라톤 참가를 결정한 그날부터 일본에 가면 서핑을 하기로 마음먹었다. 신주쿠에서 차로 2시간쯤 동쪽으로 운전해 나가면 일본에서 서핑으로 가장 유명한 지역인 치바현에 닿게 된다. 서핑을 공식 종목으로 처음 채택한 도쿄올림픽은 바로 이곳의 해변에서 서핑 경기를 열기도 했다. 도쿄에서 더 가까운 서핑 포인트로는 가나가와현의 쇼난 해변이 있다. 그러나 기상예보를 보니 이맘때 파도는 치바 쪽이 더 좋은 것 같았다. 아내는 일본의 파도를 실시간으로 확인하고 있는 나를 놀렸다.

"서핑하러 가서 마라톤도 하고 오는 거구나."

그리 틀리지도 않은 말이었다.

치바는 나리타 국제공항에서 불과 1시간 거리로 가깝다. 도쿄마라톤 풀코스를 완주한 다음 날 아침, 우선 나리타 공항으로 향했다. 도쿄에서 묵은 호텔에서 공항까지는 한인 택시를 이용했다. 해외에서 서프보드처럼 큰 짐을 가지고 이동할 때는 한인 택시를 애용하고 있다. 말도 잘 통하고 밴처럼 큰 차를 미리 예약할 수 있기 때문이다. 달리기로 뭉친 근육이 아직 풀리기 전이었지만 서핑에 대한 기대감으로 그 정도는 잊을 수 있었다. 나리타 공항에는 한국인 서퍼가 운영하는 서핑숍에서 픽업을 나와주었다. 치바 서핑에 대한 정보가 거의 없었기 때문에 이곳에 머무르는 동안 서핑숍에서 먹고 자면서 서핑 포인트까지 차로 이동해주는 서비스도 이용하기로 했다.

집과 논밭이 띄엄띄엄 이어진 한적한 바닷가 마을에 있는 서핑숍은 해안을 따르는 긴 도로 바로 옆에 있는 이층집이었다. 물결 모양의 붉은색 골강판으로 만든 외벽이 귀여운 케이크 상자처럼 집을 덮고 있는 것만 같았다. 마당엔 웨트슈트를 걸어둔 건조대와 투명 플라스틱 패널로 지은 서핑보드 창고가 햇볕을 튕겨내고 있었다. 간판이 있는 것도 아니었다. 레고 블록처럼 손쉽게 조립하고, 당장 접어서 이동할 수 있을 것처럼 단순하고도 사랑스러운 집이었다. 고운 모래 위에 허리까지 자라난

수풀을 헤치고 조금만 걸어나가면 해변이 보였다. 좋은 파도가 부서지고 있었다.

이 서핑숍을 운영하는 김송이 씨는 일주일 전에 미야자키에서 돌아왔다고 했다. 미야자키에 비해 낮은 수온 때문에 아직 바다에 들어갈 용기를 내지 못하는 중이라고 수줍게 웃으며 말했다. 그는 치바와 미야자키를 오가며 한국인을 대상으로 서핑 캠프를 연다고 했다. 서핑 캠프란 한국에서 온 서퍼들에게 숙소를 제공하고, 그날의 파도에 따라 서핑 포인트까지 밴을 운전해주고, 서퍼들의 모습을 영상으로 담고, 저녁에는 함께 영상을 보면서 잘못된 점을 분석하는 것이다. 미야자키는 겨울에도 평균기온이 10도를 웃도는 일본의 최남단 지역이다. 김송이 씨는 그곳에서 겨울을 보낸 뒤 4월부터 가을까지는 치바에서 머무르기 위해 1,000킬로미터가 넘는 거리를 운전해서 온다고 한다. 중간중간 마음에 드는 해변을 만나면 파도를 타고 야영을 하며 하루를 보낸다. 그는 서핑을 하는 것도, 서핑을 안내하는 일도 정말 좋아한다고 했다. 김송이 씨가 자신의 일을 "좋아한다"고 말할 때 진심이 느껴졌고, 공기가 따뜻해졌다.

　나는 김송이 씨의 도움을 받아 치바의 북동쪽인 아사히시의 서핑 포인트를 오가며 파도를 즐길 예정이었다. 짐을 풀자마자 웨트슈트로 갈아입고 숙소에서 5분 거리에 있는 이이오카 해변으로 갔다. 치바는 커피 가루처럼 까맣고 고운 모래가 밀도 높고 단단한 해변을 형성하고 있다. 그래서 사륜구동이 아닌 작은 차들도 모래밭에 빠지지 않고 해변을 쉽게 드나든다. 이제 막 정오가 지난 이이오카 해변에는 이미 대여섯 대의 밴이 해변에 주차되어 있었다. 몸을 풀면서 맨발을 바닷물에 담가보았다. 적당히 시원한 느낌이 들었다. 부드러운 모래와 파도 거품이 발가락 사이로 들어왔다. 타지에서 온 서퍼들은 검은 모래 알갱이와 함께 부서지는 흑갈색 파도를 보고는 '카푸치노 브레이크'라는 귀여운 별명을 붙여주었다. 이제 카푸치노 브레이크에 몸을 맡길 때다.

　파도의 크기는 허리에서 어깨 높이 정도였다. 파도 사이의 간격은 거실 커튼의 주름처럼 균일했다. 적응이 필요한 이방인이 타기에도 어렵지 않을 좋은 파도였다. 라인업에는 지역 주민으로 보이는 중년의 서퍼들이 다섯 명 정도 파도를 고르고 있었다. 저 멀리 작은 공만 한 파도가 금세 눈덩이처럼 몸을 불리며 가까이 다가왔다. 가슴을 보드에 붙이고 팔을 저었다. 파도가 솟구치는 힘이 가슴팍으로 느껴졌다. 그렇게 치바에서의 첫 파도를 가볍게 잡아탔다. 이날 마음에 드는 라이딩은 없었지만 꽤 많은 파도를 탈 수 있었다. 만족스러운 서핑이었다. 하와이나 발리에선 크고 힘센 파도 사이에서 고생만 하다가 나온 적도 많았다. 이이오카에선 카푸치노 한잔 마시는 것처럼 여유로운 서핑을 했다.

이튿날은 이 마을의 메인 서핑 포인트인 큐칸 해변으로 갔다. 로컬 서퍼들이 많이 찾는 포인트라는 이야길 듣고 조금 긴장했다. 김송이 씨는 해변에 정차한 차들의 번호판만 봐도 로컬 서퍼들이 얼마나 왔는지 안다고 했다. 로컬 서퍼는 뭐든지 알고 있는 군대 선임 같다. 한두 명은 괜찮지만 너무 많으면 좋을 리 없다. 이날 큐칸 해변에는 육지에서 해변으로 약한 바람이 불고 있었다. 바람에 넘어갈 듯 말 듯 살랑이는 책장처럼, 파도가 넘어질 듯 말 듯 넘실대며 다가왔다. 활자를 읽어내려가듯 천천히 파도를 즐겼다. 이날은 해기 지기 직전까지 서핑을 했다. 서핑을 마치고 해변으로 나오니 일몰이 보였다. 반만 익은 달걀노른자처럼, 붉은 해가 바다 위로 녹아내리는 것 같은 풍경이었다.

석양을 바라보며 김송이 씨가 준비해준 따뜻한 물을 웨트슈트 위로 끼얹었다. 몸에서 하얀 김이 피어올랐다. 온천에 몸을 담근 것처럼 편안해졌다. 치바의 서핑 포인트에는 이곳만의 분위기가 있었다. 볕이 좋은 마당에 앉아서 차를 마시듯 바다로 나가 서핑을 했다.

"제게 서핑은 스트레칭하듯이 매일 하는 거예요."

김송이 씨는 말했다. 마지막 날에는 나도 아침 식사를 하듯 치바 해변에서 서핑을 할 수 있었다. 음악을 듣듯이, 드라이브를 하듯이, 차를 마시듯이, 독서를 하듯이, 산책을 하듯이. 치바에는 그러한 서핑이 있다.

나는 사흘이라는 짧은 시간 동안 치바에서 서핑을 했다. 마라톤 풀코스를 뛴 직후라 지쳐 있었지만 치바의 자연 속에서 몸과 마음을 회복할 수 있었다. 이곳에서 먹은 음식도 정말 기억에 남는다. 끼니마다 얼마나 만족스러웠는지 집으로 돌아가는 날엔 아무리 배가 불러도 점심을 두 끼 먹기로 김송이 씨와 약속했다. 바다에서 갓 잡은 고등어가 올라간 초밥을 10분 만에 먹고, 굴과 새우가 한가득 담긴 튀김덮밥을 먹으러 떠났다.

"한국 사람들은 뜨거운 걸 시원하다고 표현하잖아요. 일본 사람들은 짠 걸 깊다고 말해요. 일본에서 뭘 먹을 때 짜다고 하면 혼나니 조심하세요."

할아버지 할머니 내외가 수십 년째 만들고 있는 돈가스 정식, 옥수수 고명 한 줌과 두꺼운 수육과 진득한 육수의 맥시멀한 조화가 일품인 돈코츠라멘, 서핑 직후엔 햄버거와 맥주만 한 게 없다는 걸 아는 로컬 서퍼의 수제 버거, 너무 맛있어서 그 자리에서 두 그릇이나 먹었던 야키소바. 모두 김송이 씨의 설명처럼 깊은 맛이 느껴지는 치바의 음식들이었다. 도쿄마라톤에 이어 치바 서핑까지, 일본에서의 일정은 이렇게 두 끼의 점심과 함께 마무리되었다.

마라톤이 기록을 향한 뜨거운 여름이었다면 서핑은 어떠한 목적도 없는 봄날의 산책 같았다. 여행에서는 물건을 가지는 것보다 무언가를 경험하는 것이 더욱 가치 있게 여겨진다. 누군가는 물건에 얽힌 이야기와 생김새에 매료되지만, 나는 세계 속에서 보고 듣고 움직일 때 그것들이 나와 연결되어 있다고 느낀다. 달리기를 하고 파도를 타는 행위가 세계와 소통하는 언어 같았다. 계속해서 낯선 도시를 달리고 파도를 찾아 떠나야 한다고 생각했다. 새로운 언어, 새로운 경험을 찾아서.

2부

산의 곁에서

산을 꿈꾸는 마음

문을 열면 산이 보였다. 서가의 책들이 서가의 일부이듯이 내가 태어난 우이동은 북한산의 일부였다. 집도, 학교도, 공원도 산 어딘가에 있었다. 새 책이든 헌책이든 꽂을 자리가 있는 것처럼, 오래된 집이든 그 집에 드나드는 사람이든 산의 일부가 쉬어 갈 곳이 되어주었다. 동네에서 유명한 식당의 메뉴는 김밥, 도토리묵, 파전과 같은 등산객을 위한 음식이었다. 등산로를 지나 학교에 갈 때 코끝에 고소한 참기름 향이 맴돌았다.

학교나 교회의 이름은 산의 봉우리에서 이름을 따왔

다. 나와 친구들은 북한산의 가장 높은 봉우리인 백운대의 이름을 딴 초등학교에 다녔다. 사람들은 산의 곁에서 살고 있음을 자랑스럽게 여겼다. 좁은 골목은 꼬인 전선처럼 이리저리 얽혀 있었으나 결국엔 산으로 통했다. 자라면서 등산객들이 나무와 나무 사이를 가로질러 깊은 숲속으로 들어가는 걸 시시때때로 보았다. 그중에는 아버지도 있었다. 나의 아버지뿐 아니라 친구의 아버지들도 주말이면 산으로 갔다. 휴식이 필요할 때, 생각을 정리해야 할 때, 어제의 숙취를 풀어야 할 때 산으로 갔다. 중년의 남자들은 북한산의 모든 길을 꿰고 있다고 자신했다. 그러나 그 누구도 산의 모든 길을 알진 못할 것이다. 산에는 자주 새로운 길이 생기고, 곧잘 없어지기 때문이다.

학교가 끝나면 도선사부터 버스 종점까지 이어진 우이천에서 놀았다. 우이천 중간중간 콘크리트로 막은 제방은 너른 웅덩이를 만들어냈다. 어른 아이 할 것 없이 물에 몸을 던지며 더위를 피했다. 물놀이를 하다보면 커다란 배낭을 메고 병정처럼 걷는 등반가들을 때때로 목

격할 수 있었다. 배낭 위에는 곱게 정리한 로프가 올려져 있고, 주렁주렁 매달린 쇠붙이가 잘캉거리며 부딪혔다. 가벼우나 단단한 쇠에서 나는 소리였다. 그 소리가 능선을 넘어 종소리처럼 맑고 청량하게 울려 퍼졌다. 지금은 유명 아웃도어 브랜드의 매장이 즐비하지만 내가 어렸을 땐 우이천을 따라 등산로 입구까지 이어진 길의 절반은 주막이었고, 절반은 산악 장비점이었다. 아버지를 따라 들어간 장비점에는 온갖 산악 용품이 문방구의 학용품처럼 가득했다. 플란넬 셔츠를 입고 긴 머리를 묶은 주인이 담배를 펴댔다. 담배 연기를 빨아들일 때 그의 길고 가는 주름이 입속으로 함께 빨려들어가는 것 같았다. 주인은 나를 쳐다보지도 않았다. 산에는 어린아이가 범접할 수 없는, 어른의 세계가 있었다. 힘과 기술을 연마한 자만이 오를 수 있는 산. 두려움에 단련된 자만이 들어갈 수 있는 산.

고개를 들면 클라이머의 성지라 불리는 인수봉의 매끄러운 바위가 햇빛을 받아 빛나고 있었다. 그것은 새의 머리 같기도 했고, 바위를 움켜쥔 사람의 손등 같기도 했다. 나중에 알게 되었지만 인수봉에는 사람이 만든 수 많은 길이 있었다. 봉지 과자처럼 이름도 다양했다. 고독의 길부터 벗길, 에코길, 여정길, 그리고 루트를 개척한 산악회와 등반가의 이름을 딴 수십 개의 길이 존재했다. 혼자서는 결코 갈 수 없는 길 위에서, 사람들은 우정과 노래를 나눴다. 친구의 아버지가 산악인이고, 친구도 산악인이 되고자 하는 우이동은 산을 꿈꾸게 하는 동네였다.

내게 잡지사에서 일해볼 것을 권유한 친구는 어릴 때부터 인수봉을 등반해온 고교 동창 천강우였다. 교복 셔츠를 벗어 던지고 운동장에서 한 손가락으로 철봉을 하며 웃던 친구였다. 오랜만에 연락을 해온 그는 『아웃도어』라는 잡지에서 기자를 뽑고 있는데 평소 운동과 여행을 좋아하는 내가 재밌게 일할 수 있을 것 같다고 했다. 웬만큼 산에 심취해 있지 않고는 알지 못할 마니악한 잡지였다. 당시 군인이었던 나는 휴가를 나와 면접을 보고 합격했다. 그리고 전역한 바로 다음 날부터 수습기자로 일을 시작했다.

『아웃도어』『캠핑』 등의 잡지를 만들던 이 회사에는 산악부 활동을 하던 동료가 많았다. 대학 산악부 출신의 여자 동기는 회식 때마다 「설악가」를 불렀다. 그가 노래를 시작하면 모두 붉은 눈으로 가사를 흥얼거렸다.

굽이져 흰 띠 두른 능선길 따라
달빛에 걸어가던 계곡의 여운을
내 어이 잊으리오 꿈같은 산행을
잘 있거라 설악아 내 다시 오리니

입사 후에 가장 먼저 한 일은 한국산악회 등산학교에 등록해서 약 두 달 동안 등반 교육을 받은 것이다. 자의 반 타의 반이었다. 그곳에서 등반의 모든 것을 배웠다. 북한산에서 주말을 보내며 배낭 정리하는 방법부터 지도 보는 법, 등반 기술 등을 익혔다. 부모님 또래의 동기들 사이에서 친구를 만들기는 어려웠지만, 등반의 경험은 경이로웠다. 그것은 자연을 탐구하고자 하는 인간의 감각과 정신의 총체였다.

등산학교 학생들은 주말 아침마다 암벽 앞에 섰다. 암벽에서 날아온 모래가 눈꺼풀에 내려앉았지만, 학생들의 눈 속에는 새벽에 뜬 달처럼 결연히 빛나는 것이 있었다. 또 암벽에는 풍화가 만들어낸 수직의 길이 존재했다. 한 줌의 바위를 딛고 무릎을 펴면, 작은 균열과 융기된 벼랑을 따라 꽃과 나무가 피어나고 있었다. 등신학교에서 배운 것은 산을 오르는 기술뿐 아니라 산 그 자체였다.

투철한 선배들은 등반대회 날엔 선수들에 앞서 암벽을 올랐다. 그리고 수직의 암벽에 매달린 채로 사진을 찍었다. 헬멧을 쓰고 안전벨트에 로프를 묶은 선배들이 멋있어 보였다. 나는 암벽 대신 취재를 위해 설치된 아주 큰 구름사다리를 타고 올랐다. 30미터쯤 되는 꼭대기에 도착하면 허리에 찬 안전벨트를 기둥에 연결했다. 구름사다리엔 나와 같은 산악 전문 잡지 기자들이 새무리처럼 매달려 있었다. 사람이 작게 보일 만큼 높았다. 무섭고 떨렸지만 우아한 몸짓으로 벽을 오르는 클라이머의 사진을 찍고 기사를 썼다.

경북 청송에서는 매년 아이스 클라이밍 월드컵이 열렸다. 세계 각국에서 정상급 클라이머들이 이곳을 찾는 겨울이면, 한적하던 농촌 마을에 명절 같은 활기가 솟았다. 동네 할아버지, 할머니가 손을 잡고 구경을 왔다. 대회의 하이라이트는 결승 경기가 열리는 밤이었다. 입술이 터져나간 선수들은 물론, 기자들의 얼굴에도 푸른 긴장감이 돌았다.

구름사다리에 매달려 사진을 찍던 중, 조그만 불행이 나를 찾아온 적이 있다. 손난로를 넣어둔 패딩 주머니가 지퍼 고장으로 열리지 않았던 것이다. 손난로는 영하의 날씨를 버티게 해주는 유일한 수단이었다. 카메라 셔터를 빠르게 누르기 위해 장갑도 끼지 않았기 때문에 어둠이 찰나에 내려앉듯 손끝이 금세 얼어붙었다. 우스운 실수였지만 대회가 서너 시간이나 남은 걸 생각하면 분명 낭패였다. 발아래로는 동료 기자들이 이미 자리를 잡고 있어 다시 내려갈 수 없었다. 감각이 사라져가는 손가락을 입김으로 녹이며 버텼다. 경미한 동상이었지만 염증

이 생겨 한동안 고생했었다.

다행히 대회는 무사히 끝났다. 러시아의 세계적인 등반가 막심 토밀로프가 우승하던 순간도 놓치지 않고 촬영했다. 구름사다리에서 내려와 언 손을 녹이며 그들을 인터뷰했다. 기자들과 선수들과 대회를 진행하는 사람들 사이에는 산이라는 연대감이 있었다. 때때로 몸은 힘들었지만 문밖의 사람들과 나눈 이야기를 기록하는 것이 즐거웠다.

스물네 살, 잡지사에 한 걸음 발을 들였던 그때, 어느 날에는 길을 잃고 산 아래로 내려온 새끼 고라니처럼 무엇을 해야 할지 몰랐다. 그러나 곁에는 산을 사랑하는 동료들이 있었다. 회사 창고에는 등반과 야영을 위한 물건이 가득했다. 이십 대를 관통하고 있던 젊은 기자들은 신발장에 놓인 코가 반질반질한 구두처럼 언제든 밖으로 뛰쳐나갈 준비가 돼 있었다. 편집장은 "취재 수첩을 내려놓을 때부터 진짜 취재가 시작된다"고 힘주어 말했다. 백두대간의 많은 산봉우리를 그때 올랐고, 자연에서 먹고 자는 지혜를 배웠으며, 기자로서의 소명도 작게나

마 가슴에 품었을 때다. 십 년이 더 지난 지금까지도 나의 첫 잡지 『아웃도어』에서의 경험이 밑거름이 되어 같은 일을 하고 있다.

등산학교를 졸업한 이후로 오랫동안 등반은 다시 해 볼 생각을 하지 못했다. 그러다 지금은 다시 살아 있는 바위를 오르기 위해 실내 암장에서 근력과 균형을 기르고 있다. 등반 강습이 없는 날에도 일주일에 한두 번 센터를 찾는다. 첫날은 한 팔로 물구나무를 서는 것처럼 등반이 낯설고 어려웠다. 시간이 지날수록 제법 벽에 매달리는 것이 익숙해졌다. 손가락에 힘도 생겼다. 균형감각이 발달되어 작은 플라스틱 홀드 위에서 휘청이다가도 테이블 모빌처럼 중심을 잡고 섰다. 언젠가는 이마에 손을 얹듯이 마음을 다해 바위의 온도와 결을 느끼고 싶다.

북한산 밑의 조그만 동네, 우이동에서 태어난 건 운명이었다. 우이동에서 태어난 나는 친구들과 함께 산을 보며 살았다. 산을 오르는 사람과 산을 지켜보는 사람과 산을 깎는 사람과 산을 팔아 이윤을 남기는 사람과 산을 키우는 사람을 보았다. 나는 산에서 살고 싶다. 다만, 어떻게 살 것인지에 대해 고민하는 요즘이다.

시간 여행

'우리는 도시에서 도망치지만 도시에서 가장 좋은 것들을 가지고 온다.' 자연에서 깨달음을 얻었던 미국의 철학자 랄프 왈도 에머슨의 말이다. 많은 야영가들이 도시에서 벗어나기 위해 숲을 찾지만 크고 많은 물건을 실어 나르며 숲을 도시의 사무실이나 집처럼 만들기도 한다. 그곳에는 자연의 빛과 소리가 머무를 자리가 없다.

야영 장비는 기본적으로 인간이 자연에서 생존할 수 있도록 돕는다. 야영 장비를 자신의 스타일에 맞게 수집하고 배치하는 것도 하나의 재미가 될 수는 있다. 그러나 지나치게 인간 중심으로 개발된 장비는 정작 숲의 빛과 어둠, 소리와 온도를 잊게 만든다. 술을 편하게 마시기 위해 술에 물을 탈 필요는 없다. 숙련된 야영가의 장비는 소설가의 노트와 펜, 이발사의 가위와 빗처럼 단순하고 정갈하다. 더할 것도 뺄 것도 없다. 지혜와 기술을 겸비한 자의 배낭은 작고 단단하나, 허영이 가득한 자의 배낭은 크고 요란한 것이다.

야영에 있어서 장비는 무엇일까? 이 질문에 대해 생각해보니 떠오르는 남자가 있다. 지금은 자신이 만든 카누를 타고 여행하는 목수 이상구다. 그는 도끼와 나이프만으로 숲에서 낮과 밤을 보낸다. 십 년 전 가을, 설악산 취재를 마치고 돌아오는 길에 그를 만났다. 긴 산행으로 지쳐 있었지만 그를 만나야 할 이유가 있었다. 국내에는 매우 생소했던 부시크래프트Bushcraft 스타일의 야영가였기 때문이다. 지금은 유튜브 영상을 통해 소수의 해외 부시크래프터들이 인기를 얻고 있다. 그러나 당시에 그의 블로그에서 본 원시적인 야영 스타일과 낚시법은 삽

화로 이루어진 서바이벌 책에서나 보던 것이었다. 오직 달빛이 나무와 바위를 밝히는 밤, 이상구는 갈대 군락과 개울을 한참 헤치고 들어가야 나오는 외딴 산자락에서 야영을 준비하고 있었다.

그는 동화 속에 나오는 의적단의 일원처럼 정강이까지 오는 긴 부츠를 신고 허리에 짧은 나이프를 차고 있었다. 자신의 손 크기에 맞게 손잡이를 직접 깎은 도끼와 나이프만으로 숲살이에 필요한 세간을 만들어냈다. 잔가지와 덤불을 모아서 지붕을 얹은 셸터, 죽은 나뭇가지를 다듬어 만든 화덕과 주전자 걸이, 나무의 결을 품은 컵과 수저가 그의 손에서 탄생했다. 이러한 야영 스타일을 부시크래프트라고 부른다. 부시크래프트는 최소한의 도구만으로 야영하면서 먹고 자는 것에 대한 근본적인 사유로 나아간다. 당연한 것을 당연하지 않게 생각하는 것. 영혼을 먹이고 재우는 일. 육체가 아닌 정신의 야영이다.

"시간을 거꾸로 돌려서 옛 시대로 돌아갔다고 가정할 때 현대적인 물건들 없이 인류가 어떻게 살아갈지 그 궁금증을 풀어나가는 과정이 재밌어요. 도시에선 손가락 하나로 해결되는 일들이 자연 속에서는 엄청난 창의력을 요구하죠. 부시크래프트적인 생각은 야영이 아니라 일상생활에서도 똑같이 적용할 수 있어요."

그는 집에서 음식을 만들 때에도 원시적인 방식을 적용해본다고 했다. 이상구와의 첫 만남 뒤로 우린 친구가 되었다. 그와 대화하면 책을 읽는 기분이 들었다. 그가 한 말은 곱씹을수록 빵처럼 부풀어서 조금씩 떼어 먹게 되었다.

그로부터 한참 뒤 그의 집에 초대받았다. 서산의 오래된 농가에서 살고 있던 이상구는 텃밭 한편에 부시크래프트 스타일의 주방을 만들고 요리를 했다. 시장에서 사온 삼치에 나뭇가지를 끼워 구웠고, 코펠을 이용해 빵을 만들었다. 이곳에서 구덩이를 파고 숯과 고기를 함께 묻은 뒤 진흙으로 덮는 자연 오븐 방식으로 요리를 해본 적도 있다고 했다. 이상구는 요리의 시작이 열을 만드는 것이라는 단순한 사실을 깨달았다. 그것을 온전히 이행하는 과정에는 포장 음식이 담지 못하는 정신적 즐거움이 있었다. 추리소설을 읽듯 결말을 알 수 없는 요리였다.

"한때는 소금 간도 안 하고 고기와 감자를 익혀 먹어봤어. 처음에는 정말 맛이 없었는데, 씹을수록 재료가 가진 순수한 맛이 느껴지더라고."

이상구는 문밖에 나가지 않고도, 문밖에 살듯이 고찰하는 사람이다. 그는 자연주의를 실천하는 자이다. 책 속에 적힌 활자처럼 삶을 살아간다.

몇 년 전에는 숲속에 아지트를 만들고 싶었다. 어릴 때는 나만의 아지트가 있었다. 부모님과 선생님에게서 벗어난 독립적인 공간이 필요했고, 그곳에서 우리만의 언어, 생각이 움텄다. 어른이 된 지금도 바쁜 도시 생활로부터 숨어들 아지트가 필요했다. 사람들이 찾지 않고 스마트폰도 무용한, 우리끼리만 아는 비밀 공간. 이상구에게 나의 생각을 말하자 구글에서 찾은 부시크래프트식 셸터 사진을 몇 장 보내왔다. 그중 만들기 쉽고 성인 여러 명이 야영할 수도 있는 형태를 골랐다. 어른들의 아지트 만들기에 동참할 친구들도 필요했다. 라이트 하이킹 브랜드를 운영하는 김민환, 밀리터리 캠핑에 빠져 있던 홍승철, 지금은 발리에서 서핑을 하며 살고 있는 김지용이 함께했다.

우리는 가평의 이름 없는 산자락을 찾아갔다. 지도와 나침반으로 접근이 쉽고 경사가 완만해 보이는 위치를 짚었다. 그곳으로 기보니 죽은 나무들이 널브러진 아담한 공간이 나왔다. 나무 셸터를 만들 때 생나무를 자르는 대신 죽은 나무만을 활용하는 것은 부시크래프터가 중요하게 여기는 원칙 중 하나이다. 나무 아지트를 만드는 방법은 대충 이렇다. 먼저 적당히 간격을 둔 두 개의 나무를 찾는다. 기둥이 되는 두 개의 나무 사이에 대들보가 될 죽은 나무를 올린다. 그러면 축구 골대 같은 모양이 된다. 대들보의 양쪽으로 서까래의 틀이 될 나무를 묶고, 새의 날개 모양으로 얇고 곧은 나무를 얹는다. 무언가를 묶을 때는 덩굴을 이용하면 된다. 마지막으로 잡풀을 올려서 잔구멍을 매워준다. 이렇게 하고 나면 커다란 삿갓 모양의 움막이 완성된다.

이날 저녁은 밀가루와 물만으로 만든 배녁Bannock을 먹었다. 나뭇가지에 밀가루 반죽을 꽈배기처럼 돌돌 말아 간접 열로 오래 굽기만 하면 되는 빵이다. 생각보다 맛있다. 밀가루 반죽 위로 숲의 찬 공기와 숯에서 피어나는 연기가 오가며 오묘한 향을 만들어냈다. 셸터 안에는 조그만 화덕을 설치해서 실내의 온기를 유지했다. 부시크래프트 야영이 발달한 외국에선 죽은 나무로 만든 셸터를 부수지 않고 다른 이들이 사용할 수 있도록 그대로 두기도 한다. 우리의 작은 아지트도 등산객의 대피소나 쉼터가 되길 바랐다. 작은 손도끼만으로 완성한 아지트. 집을 짓고, 불을 피우고, 요리를 하는 과정을 통해 긴 시간 여행을 다녀온 기분이 들었다. 편안했다. 야영의 이유를 찾은 것 같았다. 이런 곳에서라면 옷을 훌훌 벗고 연약한 짐승처럼 낙엽 위에서 잠들고 싶다.

물론 매번 손도끼만을 가지고 야영을 가지는 않는다. 그것은 많은 장비를 가지는 것보다 더 많은 노력과 시간이 필요하다. 한 가지만 말하자면, 우리는 장비로부터 벗어나자 자유로워졌다는 것이다. 숲을 있는 그대로 받아들일 수 있었다. 자유로운 야영. 그것은 맨발로 산길을 걷듯 감각을 되살아나게 했다. 나의 집에는 손가락 하나로 켤 수 있는 전구와 아늑한 침대, 크고 넓은 의자와 테이블이 있다. 그러나 오늘 밤, 그저 전구 하나를 끄거나, 스마트폰을 넣어두거나, 밀가루와 물만으로 빵을 만들어보는 것으로도 시간 여행이 가능하다. 작은 불편함이 그 밤을 자유롭게 할 것이다.

계곡 탐구 생활

소소리 높은 나무들은 계곡 가장자리를 따라 무성했다. 매끈한 바위에는 손금처럼 길고 얇은 무늬가 새겨져 있었다. 물이 지나간 자리를 의미했다. 그 무늬를 보고 계곡물이 허리춤만큼 높았다는 걸 알 수 있었다. 영동지방의 계곡은 경사가 급하고 유속이 빠르며 수량도 시시각각 변한다. 이곳은 몇 주째 가뭄으로 바위가 드러나고 모퉁이 안쪽마다 조그만 모래 바닥이 생겨나 있었다. 계곡을 따라 올라온 일행들이 먼저 야영할 자리를 잡았다. 내가 텐트를 칠 공간은 없었다. 비박을 했다. 큰 바위들이 굴러 내려오다 더 큰 바위를 만나 차례로 멈춰 선 곳 아래에 얇은 매트리스만을 깔고 침낭 속으로 들어갔다. 새벽녘엔 빗방울이 떨어졌다. 왠지 모를 긴장감이 좋았다. 숲이 나에게 말을 거는 기분이었다.

소리를 전기에너지로 바꿀 수 있다면 아마도 여름이 가장 좋은 계절일 것이다. 위치는 숲의 입구가 적당하다. 여름 숲에서는 코도 눈도 귀만큼 바쁘지 않다. 자연의 소리가 가진 수만 개의 은유가 세상을 압도한다. 낙엽의 위치를 바꾸는 바람, 영민한 벌레들의 움직임, 새의 기분과 날씨의 변주를 귀 끝으로 짐작하는 밤. 어느 지점에선가 스르르 거대한 숲이 기지개를 켜고 산이 공전하고 머리맡의 바위가 수백 년 만에 다시금 삐걱거리는 것이다. 나는 꼼짝 않고 누워서 하루살이처럼 몰려드는 상상을 가능한 한 침착하게 제자리로 돌려보내며 날을 새워야 했다.

돌멩이에 끼워둔 헤드랜턴 위에는 밤새 수많은 벌레가 날아오고 곤충이 다녀갔다. 아침에 눈을 뜨니 뼈가 굵은 사마귀 한 마리가 숲의 요정처럼 침낭 곁을 지키고

서 있었다. 그에게 존중의 눈빛을 보냈다. 무해함을 알리고 싶었던 것이다. 나 역시 곤충처럼 여린 생명이라는 것. 작은 생명과 눈을 맞추고 고개를 드니 계곡 너머로 비에 젖은 바위들이 보였다. 낯선 숲의 광경에 멍해지는 기분이 들었다. 멀리 보이는 바위와의 거리를 가늠하지 못하는 내게 명재범이 말했다.

"도시에 살면서 원근감을 잃은 거예요."

우리가 잃은 채 살아가는 것이 원근감뿐일까? 가벼운 소리와 냄새에 본능적으로 반응할 때마다 퇴화하기 전 인류의 어느 날로 되돌아갔다 오곤 한다.

우리가 급류 낚시를 위해 찾아온 도원리 계곡은 영동 지방에서도 최북단에 위치해 위도상으로는 북한의 개성보다도 높은 곳에 있다. 웬만해선 사람의 발길이 닿지 않는다. 좁은 등산로마저 없어서 오로지 계곡을 거슬러 올라야 했다. 플라이피싱Fly-fishing 취재를 위해 김진영 선배에게 연락을 하던 날도 그는 이곳에서 홀로 밤을 맞이하고 있었다. 김 선배는 물고기를 잡기 위해서가 아니라 계곡을 탐구하는 방법의 하나로 낚시를 시작했다. 플라이피싱은 플라이Fly라 부르는 털바늘을 이용한 낚시다. 주로 계류에 서식하며 하루살이, 날도래 등을 잡아먹고 사는 물고기를 그 지역의 수서곤충과 비슷하게 만든 털바늘로 속여서 잡는다. 계류에 살고 있는 물고기의 습성, 돌과 이끼의 모양, 아침과 저녁에 날아오르는 곤충들의 색깔. 플라이피싱을 하면 일 수 있는 깃들이다.

우리나라에도 영국의 플라이피싱이나 일본의 텐카라 낚시와 비슷한 방식으로 충북 영동의 여울낚시가 있었음을 '오세호의 만화로 배우는 민물낚시' 시리즈를 통해 알 수 있었다. 기록에 따르면 여울낚시는 민물 낚싯대와 동물의 털을 이용해 만든 미끼로 채비를 했다고 한다. 재미있는 것은 촛농을 뭉쳐서 찌로 활용했다는 점이다. 촛농은 부력이 뛰어나 찌의 역할을 완벽히 하면서도 적당한 무게가 있어 미끼를 멀리 던질 수 있었다고 한다. 금강유역에서 팽이 모양의 나무와 오리털 바늘을 이용해 끄리, 강준치 등을 잡았던 팽이낚시도 플라이피싱처럼 털바늘로 하는 우리나라 고유의 낚시 방법이다.

앞서가던 김진영 선배가 뒤따르던 일행의 가슴을 손바닥으로 슬쩍 민다. 모두 걸음을 멈췄다. 김 선배가 배낭에 묶어두었던 낚싯대를 꺼낸다. 곧이어 플라이를 달고 릴에서 빠져나간 라인이 하늘로 떠올랐다. 낚싯대가 햇살을 잔뜩 머금은 허공을 앞뒤로 가르기 시작한다. 비행운처럼 급류 위를 부유하던 줄과 훅이 수면 위에 조용히 내려앉았다. 햇빛과 함께 물 위를 따라 내려가다가 일순간 수면 아래로 빨려 들어간다. 물고기가 미끼를 문 것이다. 그제야 김 선배가 입을 연다.

"계류에 서식하는 어종은 굉장히 예민하고 민첩해서 낮은 포복으로 다가갈 정도야. 물고기를 포착했다면 신중하고 조용히 준비해야 해."

우리나라에서 플라이피싱으로 잡을 수 있는 대표적인 대상 어종은 산천어다. 열목어는 보호종으로 지정돼 포획이 금지되었다. 도원리 계곡 외에 삼척의 오십천 또는 남대천에서 산천어를 찾을 수 있다. 산천어는 송어의 육봉형으로, 강에서 태어났지만 바다에서 살다가 알을 낳기 위해 다시 강으로 향하는 어종이 강이나 하천에 적응해 살아가는 대표적인 경우다. 따라서 종의 기원을 거슬러 올라가면 산천어의 서식지는 바다와 연결된 하천이어야만 한다는 결론에 다다른다. 동해와 가까운 영동 지방에 산천어가 서식하는 이유다. 산천어 역시 20센티미터 이하의 어린 개체는 살려줘야 한다.

왜 플라이피싱을 환상이라고 생각했을까? 손바닥 크기만 한 물고기가 단 한 번의 시도로 미끼를 삼킨 것이다. 김 선배는 라인을 감아 뜰채로 물고기를 떠올리고는 능숙하게 미끼를 뽑고 도로 놓아주었다. 물고기를 풀어줄 때도 손의 온기나 악력이 어류에 치명적인 상처를 줄 수 있기에 도구를 사용한다. 포획한 물고기를 다시 방류해주는 것은 플라이피싱에서 시작된 문화다. 1905년 알래스카에서 태어난 리 울프는 무분별한 남획을 절제하고 플라이피싱을 단순한 고기잡이의 과정이 아니라 스포츠 피싱 문화로 발전시키고 싶어 했다. 그가 제창했던 '캐치 앤드 릴리즈'Catch and Release는 당시의 앵글러들에게 큰 반향을 불러일으켰고 현재까지도 많은 이들의 지지를 받고 있다.

비가 제법 쏟아지다 사그라진 아침 도원리 계곡을 내려왔다. 물에 젖은 배낭이 억세게 어깨를 당겼다. 간밤에 내린 비 때문에 수량이 제법 늘어난 웅덩이에 캐스팅을 몇 차례 더 하고 한 마리를 잡았다가 풀어주었다. 플라이피싱의 매력은 동물의 털을 이용해 수서곤충 모양의 미끼를 만드는 타잉Tying도 빼놓을 수 없다. 현지에서 자주 발견되는 곤충의 모양과 색깔을 확인하고 즉석에서 훅을 직접 제작하는 것은 이 낚시의 또 다른 재미다. 채비를 하고, 걷고, 탐구하고, 자연으로 다시 돌려주기까지. 플라이피싱은 복잡한 의식같이 느껴진다. 까다롭고 절제된 과정을 통해 자연을 탐구하고 이해하면서 낚싯대를 던진다. 플라이피싱은 이렇게 나를 사로잡고 자연으로 끌어당긴다.

겨울 사냥

석고상처럼 눈 덮인 대둔산을 에돌아 사냥꾼의 집을 찾아가는 길, 눈 쌓인 산자락과 푹 꺼진 절벽과 도드라진 암벽이 바람의 결에 따라 시시각각 명암을 바꾼다. 산이 살아서 움직이는 것 같다. 죽음과 삶이 반복되며 산을 키우는 것이다. 사냥꾼의 집에는 숨이 빠져나간 고라니 머리와 마른 너구리 가죽이 벽 한편을 채우고 있을까. 뒷마당의 건조대엔 빨래 대신 식은 사냥감들이 무두질을 기다리고 있을까.『고아웃』의 편집장이던 류진영 선배의 아버지이자 자식들에게도 사냥을 가르쳤다는 류

홍식 엽사의 집으로 향하며 끔찍한 상상도 해본다. 삼십여 년 만이라는 폭설을 차로 힘겹게 밀어내며 통영대전고속도로를 빠져나와 대둔산으로 오르는 도로를 거푸 지나니 평촌마을이 나왔다.

"버스 정류장을 지나면 작은 다리가 나오는데, 그 다리를 지나서 우회전을 하면 멀리 주황색 풍차가 보일 거야."

전화기 너머에서 선배는 마치 자신이 운전을 하고 있는 양 들떠 있었다. 그의 머릿속에 고향 풍경이 선할 것이다. 얼어붙은 개천과 돌담 사이로 나 있는 길 끝, 지붕을 덮고 남은 쇳조각을 오려서 만들었다는 풍차가 겨울눈을 동력으로 삼아 세차게 돌아가고 있었다. 녹슨 처마 아래엔 다행히도 너구리 가죽 대신 소담스러운 감 몇 알이 꾸덕꾸덕 말라가고 있고.

"우리 남매에게 사냥은 포획의 행위라기보다는 자연을 탐구하는 방법이었어. 지금도 가끔 아버지, 남동생과 한 팀이 돼서 짐승의 흔적을 따라가는 과정은 추억을 더듬는 우리만의 방식이지. 자연은 놀이터이자 배움터였고. 내 유년의 대부분이 그 안에 있더라고."

얼마 전 선배는 남동생이 잘 다니던 회사를 그만두고 사냥용품점을 차렸다는 푸념으로 시작해 자신이 경험했던 사냥의 기억을 복기했다. 솔깃했다. 다음 날부터 선배를 졸라 그의 아버지에게 몇 명의 엽사를 소개받았다. 나를 비롯해 네 명의 촬영팀이 사흘 동안 산속에서 미물며 사냥의 순간들을 기록하기로 했다.

사냥개의 목에 채워놓은 훈련기에서 규칙적으로 울리던 비프 음의 속도가 빨라졌다. 개들이 걸음을 멈춘 채 기다리고 있다는 의미다. 훈련된 엽견은 바람에 휩쓸리는 낙엽처럼 부산하다가도 고립된 목표물을 발견하면 즉시 정지해 주인을 기다린다. 긴 침묵. 비장한 눈으로 응시하던 개들이 수신호와 함께 달려들자 장끼 한 마리가 날아오르며 모습을 드러냈다. 일순간 총소리는 완강했고, 새는 미리 겨누고 있던 산탄에 날갯죽지를 맞고도 시야에서 벗어나기 위해 진력을 다했다. 얼어붙은 수락계곡과 금남정맥의 산봉우리가 새의 검은 눈동자 속으로 빨려 들어갔다.

겨울 하늘에 눈송이와 구겨진 깃털이 함께 날렸다. 얼마 가지 못해 새가 떨어진 지점은 엉클어진 찔레 덤불. 막막한 수풀 속에서 찬 숨을 고르며 겨우 몇 발짝 내디뎠을 때 엽견 무리 중 경력이 가장 오래된 산이가 서릿발을 파헤치고 뛰어 들어왔다. 곧이어 장끼의 눈이 캄캄해지고, 동료 개들은 부러운지 입을 굳게 다문 산이 주위로 다가와 컹컹 짖었다. 내년이면 이순을 바라보는 김신배 엽사가 총을 거두고 오 년째 파트너로 지내는 견공과 죽은 꿩의 상태를 함께 살폈다. 12월 초순에 내리는 폭설을 맞으며 상황을 지켜보던 마음은 일희일비했다. 힘없이 몸을 늘어뜨린 꿩이 안타까운 한편, 초로의 포수와 지치지 않는 개들의 연대가 놀랍기도 했다.

오랜 세월 동안 사냥은 인간이 고기를 얻는 중요한 방법이었다. 오늘날 사냥은 또 다른 목적이 있다. 나는 취재를 하며 사냥의 기록을 되짚던 중 몽골의 늑대 사냥꾼에 대해 알게 됐다. 여전히 몽골인의 대다수를 차지하는 유목민들은 양과 말 등 가축을 가장 귀중한 재산으로 여긴다. 이들의 대척점에 있는 것은 다름 아닌 야생 늑대다. 문명의 바람에 밀려 좁아지는 유목민의 터전처럼 야생 늑대도 줄어든 먹이를 찾아 인간의 몫을 탐내는 비참한 현실 사이에 늑대 사냥꾼이 있다. 유목민들은 생존의 기로에서 마지막 선택을 한 것이다.

우리나라에서 벌어지는 수렵도 마찬가지다. 야생동식물보호법에 따라 짐승의 개체 수를 조절하고 민가와 농사에 끼치는 피해를 줄이기 위해 사냥이 허가되고 있다. 엽사들은 수렵 면허를 소지해야 하고 제한된 기간과 지역, 종과 개체 내에서만 포획이 가능하다.

"수컷 고라니는 송곳니와 같은 견치가 있어서 위험해요. 멧돼지의 경우 빗맞았을 때가 가장 무서워요. 화가 난 상태에서는 물불 가리지 않고 달려들거든요."

김신배 엽사의 오랜 동료이자 후배인 이희원 엽사도 잠시 눈이 내려앉은 총을 닦고 길을 재촉했다. 그의 파트너인 솔과 세타도 기분이 좋은지 두껍게 쌓인 눈밭을 가로질렀다. 저 용맹스러운 엽견들은 주인의 습관과 말투를 기억하기 때문에 반드시 직접 교육해야 한단다.

강원도 일부 산간 지역에 대설주의보가 발령됐다는 내용이 라디오 전파를 탔다. 하늘도 하얗게 덮을 만큼 눈이 내렸고 그중에서도 대둔산이 가장 많은 눈을 맞고 있었다. 첫날 야영지로 물색해놓았던 완주군 산북리 뒤껼으로 차를 몰았다. 뒤따르던 사진가의 차량이 얼어붙은 눈길 위에서 미끄러졌다. 수직으로 도랑에 박힌 차를 견인했다. 몇 가지 장비만이 파손되었을 뿐 다행히 사진가는 다치지 않았다. 수습을 하고 나니 어느새 해가 기울었다. 땅이 얼기 전 텐트 팩을 박아 넣고 화덕과 난로에 불을 피웠다. 캠프파이어는 추위 속에서 사람을 모으고 야영지에 에너지가 깃들게 한다. 영국의 방송인이자 캠퍼인 매슈 드 어베이투어는 『캠핑이란 무엇인가』민음인, 2014라는 책에서 "캠프파이어가 우리 캠프의 엔진, 힘차게 박동하는 심장이 되기를 바란다"고 썼다.

우리는 숨과 피부와 눈으로 밤을 맞이하고 있었다. 모닥불을 쬐던 이희원 엽사가 꿩의 가죽을 벗겨 눈밭에 던졌다. 곧 꿩탕이 올라왔다. 이 요리는 닭볶음탕과 비슷하지만 감자 대신 무를 넣어 끓였고, 육질은 조금 질긴

편이었다. 한 모금을 떠넘기자 발가락 끝까지 온기가 전해져왔다. 부족한 재료로 끓인 음식이지만 굳은 몸을 풀어주기에는 그만이었다. 난로 위에 주전자를 올려놓고 차를 끓이며 소란스러운 하루를 잠재웠다.

간밤에 우리가 먹다 남긴 음식을 눈독 들였을까. 자고 일어나니 캠프 사이트 주변은 오랫동안 망설인 금수의 발자국들로 어지러웠다. 사진가는 불안한 나머지 필럭이는 텐트를 붙잡은 채로 잠들었다고 한다. 야영을 하는 사흘 동안 두메산골의 겨울은 춥고 어려웠다. 잃어버리고 부러진 장비가 여러 개였다. 숲의 신은 우리를 편하게 두지 않았다.

"죽음은 삶의 연장이야. 한 마리의 죽음이 다른 다섯 마리를 살게 하지. 그리고 나도 동물일 뿐이야."

알래스카를 배경으로 촬영된 니콜라스 바니에르 감독의 프랑스 다큐멘터리영화 「마지막 사냥꾼」The Last Trapper, 2004은 가죽을 팔아 생계를 이어가는 사냥꾼을 소재로 한다. 역설적이게도 사냥꾼에게 가장 필요한 통찰은 자연과의 조화다. 개 한 마리의 죽음과 다섯 마리의 삶을 통해 자연의 균형을 깨우친다.

어쩌면 삶과 죽음 사이의 균열은 저 핏방울이 아니라 숲과 강을 포장하고 있는 아스팔트 도로나 거대한 댐 같은 것인지 모른다. 마지막 날 아침 어느새 백면서생의 얼굴처럼 고요해진 길을 헤치고 나왔다. 무거운 겨울, 더 이상 들어갈 수 없을 정도로 단단하게 잠긴 이 산속에서 자연은 더욱 건실하게 생명을 키워낼 것이다.

설국 스키

겨울방학이 시작되면 형과 함께 스키 리조트에서 열리는 캠프에 참가하기 위해 짐을 꾸렸다. 처음 보는 아이들과의 합숙, 서로를 경계하는 눈빛, 축축하게 젖은 옷과 양말의 고약한 냄새. 스키 캠프는 내 기억에 썩 유쾌한 것은 아니었다. 그저 부모님은 단 몇 주만이라도 유난스러웠던 우리 형제에게서 잠시 해방되고 싶어 우리를 캠프에 보냈던 것 같다. 그래도 그 덕분에 스키는 내가 체계적으로 배운 스포츠였고, 학창 시절 자기 소개서에 특기로 써넣을 수 있는 운동이 되었다. 그러나 시간이 점차 흐르면서 스키에 더는 흥미가 생기지 않았다. 좀 더 유려한 턴을 구사한다든지, 점프를 한다든지, 빠르게 질주하는 것에는 별로 관심이 없었다. 인공적인 슬로프는 운동장의 트랙을 달리는 것만큼이나 감흥이 없었다. 그러다 등산학교에서 산악 스키에 대해 알게 됐다. 백컨트리 스키Backcountry Ski라고도 하는 산악 스키는 진짜 산에서 타는 스키였다. 스키장의 정설된 슬로프가 아니라 자연설이 뒤덮인 산에서 타는 스키를 말한다.

산악 스키는 눈이 구름처럼 깔린 북유럽 지방에서 마을과 마을을 잇는 이동 수단이었다고 한다. 끊어진 것들을 이어주는 존재는 아름답다. 네팔의 아이들이 다리를 지나 강을 건너듯 노르웨이 아이들은 스키를 신고 설국을 오갔다. 생활을 위해 만들어진 스키지만 근대에는 산악인이 고산 등반을 하거나 극지 탐험을 할 때 중요한 장비로 발전했다고 한다. 산악 스키는 내려가는 것이 아니라 오르기 위해 존재했기에 레저에 맞게 개량된 일반 스키와는 많이 달랐다.

이해를 위해 먼저 산악 스키의 구조에 대해 설명해야

겠다. 산악 스키의 부츠와 플레이트를 잇는 바인딩은 부츠 뒤축이 들리도록 제작해 보행 기능을 높인 것이 특징이다. 그 덕에 스키어는 커다란 스케이트를 신은 것처럼 다리를 미끄러지듯 내뻗으며 앞으로 나아갈 수 있다. 플레이트 바닥에는 융단처럼 두꺼운 모직물을 붙이는데, 이것을 스킨이라고 부른다. 동물의 털처럼 한쪽으로 결이 나 있어서 산을 오를 때 결의 반대쪽으로는 제동이 걸리는 것이다. 스킨은 전통적으로 물개 가죽을 사용했다고 한다. 경사면을 내려올 때는 부츠 뒤축을 고정시키고 스킨을 떼어낸다. 생각보다 간단했고, 흥미가 생겼다. 산악 스키는 산을 탐구하는 새로운 방식이었던 것이다. 스키를 타고 바람의 경로를 따라가보고 싶었다.

겨울에는 백컨트리 스키를 하기 위해 눈이 쌓인 산을 찾아다니고 있다. 종종 백컨트리 스키와 스노보드를 즐기는 친구들이 운전을 하다 "이 산 괜찮겠는데?" 하고 메시지와 사진을 보내오면 직접 가보곤 한다. 정설된 슬로프는 어딘가 지루했다. 곤돌라를 타기 위해 줄을 서 있다보면 교외의 전철 통근자가 된 기분마저 들었다. 그러느니 눈이 오길 기다렸다가 동계 야영 장비와 스키를 챙겨서 강원도 선자령으로 향하는 편을 택했다. 문을 닫은 지 오래인 고성 알프스 스키장의 버려진 슬로프도 멋진 놀이터였다.

2014년 겨울, 산악 스키에 필요한 장비를 구해 강원도 안반데기로 떠났다. 나의 첫 백컨트리 스키였다. 우리나라에서 백컨트리 스키를 즐길 수 있는 지역은 크게 한라산, 울릉도, 선자령을 꼽는다. 이 지역의 능선을 따라 긴 거리를 스키로 여행할 수도 있다. 강릉과 평창의 중간쯤에 위치한 안반데기는 해발 1,100미터에 터를 이룬, 고랭지 채소로 유명한 마을이다. 봄여름이었으면 배추가 무성하게 자라고 있을 너른 산비탈을 심설이 뒤덮고 있었다. 백컨트리 스키의 초심자로서 훈련 장소로 이곳을 선택했다. 스키를 신고 오르막길을 걷고, 플레이트의 스킨을 떼어낸 뒤 내려오는 연습을 했다.

안반데기의 산비탈에서 스키를 타보니 생각처럼 턴이 되질 않고 곧잘 넘어졌다. 처음엔 고장 난 로봇처럼 뒤뚱거렸지만 반나절이 지나자 다리에 체중을 싣는 요령이 생겼다. 서퍼이자 스노보더인 이원택이 함께했다. 이원택과는 오랜 시간 캠핑을 함께해왔고, 오키나와와 호주로 서프 트립을 다녀오면서 더 친해졌다. 그는 일본에서 프로 스노보더로 활동하면서 백컨트리 스노보딩에 대한 경험이 많았다.

"우리나라의 눈은 습기가 너무 많아서 무겁고 단단하지. 백컨트리로 유명한 일본 핫코다산의 눈은 손으로 아무리 뭉쳐도 뭉쳐지지 않을 정도로 수분이 적고 가벼워. 그런 눈을 이른바 파우더라고 부르거든? 어찌나 가벼운지 허리까지 파묻힌 채로 라이딩을 해도 스노보드의 속도가 줄지 않으니까 구름을 헤치고 가는 기분이 들더라고."

나는 언젠가 그가 말한 구름 위에 올라보고 싶었다. 안반데기에 다녀온 뒤 얼마 지나지 않아 강원도에 눈이 내린다는 소식을 듣고 취재도 할 겸 급히 함께 갈 친구들을 불러 모았다. 겨울 산에서는 세 명 이상의 친구가 필요하다고들 말한다. 한 명의 부상자를 구조하는 데는 두 명 이상이 필요하니까. 다행히 우린 넷이었다. 스키와 스노보드를 챙겨서 선자령으로 향했다. 허리와 줄로 연결한 썰매에 야영 장비를 싣고, 산악 스키의 힘을 빌려 눈으로 뒤덮인 산을 올랐다. 눈밭에 앉아 잠시 쉴 때면 이원택은 눈삽으로 작은 점프대를 만들어 놓았다. 스케이트보더들이 도시의 계단이나 난간을 활용하듯이 우리는 나무와 바위를 피하며 놀았다.

야영지에 도착했을 때는 바람이 너무 강하고 눈이 깊어 텐트의 팩을 땅에 박아 넣기 힘들 정도였다. 침낭을 구겨 넣어뒀던 나일론 주머니에 눈을 채우고 텐트의 끈을 묶은 뒤 눈구덩이에 묻어두었다. 울릉도에서 산악 스키 가이드를 하는 최희돈과 백컨트리를 취재하기 위해 동행한 사진가 이성훈까지, 성인 넷이 비좁은 셸터 안에서 침낭을 뒤집어쓰고 빵 봉지처럼 웅크린 채 밤을 보냈다. 우리나라의 설질과 산세는 해외의 유명 백컨트리 지역에 비해 뛰어나다고 할 수는 없다. 그러나 스키와 야영을 반복하며 겨울 산의 신비를 탐구하기엔 모자람이 없다.

이듬해 겨울, 백컨트리 스키를 취재하기 위해 일본으로 가는 티켓을 끊었다. 한 달 내내, 하루도 빠짐없이 눈이 내리고 있다는 아키타였다. 음료수 자동판매기와 자동차를 하얗게 덮어버릴 만큼 눈이 쌓인다는 아키타로 가는 길은 조금 번거로웠다. 인천에서는 직항 노선이 없어 센다이 공항에 내린 뒤 아키타로 향하는 송영 버스를 탔다. 출발할 때만 해도 도로 가장자리에 흙과 뒤섞여 쌓여 있던 눈은 아키타에 가까워질수록 희고 높아졌다. 논과 나무를, 지붕과 신호등을 하얗게 지우더니 도로를 제외하곤 온통 눈에 뒤덮였다. 버스보다 높은 눈 벽 사이를 통과할 때는 미로정원에 들어온 기분이었다. 수백 년 된 나무를 베어내고 만든 스키장이 아닌 진짜 설국이었다.

아키타에는 그해 120센티미터의 눈이 쌓였다고 했다. 매년 겨울, 이곳에는 초등학생 키만큼 눈이 내린다. 덕분에 아키타는 백컨트리 스키를 즐기러 온 이방인들로 작고 기분 좋은 소요가 인다. 버스에서 내리자 피부에 설국의 차가운 숨결이 와닿았다. 바람에도 색깔이 있다면 푸른빛일까. 아키타에는 분명 푸른빛의 바람이 불고 있었다. 멀리 고마가타케산의 봉우리가 빛났다. 해발 1,637미터의 고마가타케산은 모리요시산, 초카이산과 더불어 아키타에서 가장 대표적인 백컨트리 스키 포인트다. 이 산은 백컨트리 스키의 성지라고 불리는 홋카이도, 아오모리 지역의 산과 비교해도 뒤지지 않을 만큼 적설량이 많다. 또한 내륙에 위치해 바닷바람의 영향을 덜 받으므로 습도가 낮다. 이원택이 말했던 구름처럼 가벼운 파우더를 이 산에서 만나볼 수 있을 것이다.

우리는 백컨트리 스키를 체험하기 위해 전문 가이드를 구했다. 산은 사람의 얼굴처럼 입체적인 것이다. 봉우리, 벼랑, 계곡, 능선이 선과 면을 만들어낸다. 그러다 보니 스키 코스도 셀 수 없이 많다. 누군가는 산의 입술에서, 누군가는 산의 눈썹에서 스키를 타게 될 것이다. 조그만 실수로 길을 잃거나 눈사태를 만날 위험도 있다. 백컨트리 스키 가이드는 스키어의 수준에 맞는 코스를 추천한다. 다만 백컨트리 스키 투어 사무실에는 '스키 슬로프에서 문제없이 내려올 수 있고, 순간적으로 장애

물을 피할 수 있을 정도의 실력을 갖춘 자'만이 가능하다고 명시한 안내문이 붙어 있다.

우리는 배낭에 GPS, 휴대용 무전기, 조난 신호 장비를 지참한 뒤 고마가타케산을 올랐다. 스키를 신고 2시간쯤 걸었을 때 거대한 눈기둥을 만났다. 풍선 인형처럼 바람의 결을 따라 움직이고 있었다. 눈과 안개가 너도밤나무의 나뭇가지에 얼어붙으며 몸집을 불린 수빙이었다. 가이드는 이것을 '스노 몬스터'라고 불렀다. 스노 몬스터가 이방인들을 무서운 표정으로 지켜봤다. 수빙 지대를 통과하자 완만한 산등성이가 이어졌다. 아무도 밟지 않은 설원이 펼쳐져 있었다. 스키를 정비하고 아무도 밟지 않은 눈 위를 미끄러져 내려왔다. 턴을 할 때마다 눈발이 곡선을 그리며 가볍게 날아올랐다. 그 순간엔 잠시 중력이 느슨해졌다. 협곡을 지날 땐 나무와 바위를 피해야 했다. 그것에만 너무 집중한 나머지 길을 잃었다가 되돌아온 일행도 있었다. 곤돌라나 설상차의 도움을 받지 않고 눈길을 걸어서 올랐고 내려올 때는 위험을 감수해야 했지만 그것이 좋았다. 자연은 있는 그대로일 때

가장 완벽하다.

우리는 눈밭에 앉아 숙소에서 가지고 온 주먹밥과 차를 마셨다. 겨울 산의 푸른 기운이 우리를 감쌌다. 그것이 우리를 보호하고 있는 듯했다. 깊은 산 속에서는 사람도 산의 일부가 된다. 나는 약 6시간 동안 고마가타케산을 오르내리면서 일행을 제외한 어떠한 무리도 만나지 못했다. 깊고 깊은 겨울 산에 우리만 덩그러니 남겨진 것 같아 조금은 무섭기도 했다. 산의 심연에서 안정감과 불안감이 동시에 오고 갔다.

고마가타케산에서 내려와 장비를 벗고 가장 먼저 간 곳은 숙소가 아니라 온천이었다. 아키타는 스키만큼 온천이 유명하다. 아키타가 자랑하는 뉴토온천향은 일곱 개의 온천이 모여 있는 마을이다. 각각의 온천은 서로 다른 수원지를 가지고 있어 물의 성분이 다르고, 료칸의 분위기도 가지각색이다. 약 2,000엔짜리 온천 순례 수첩을 구입하면 일 년 동안 일곱 개의 온천을 모두 한 번씩 이용해볼 수도 있다. 스키 후 온천이라니, 아이스크림과 커피를 같이 먹는 기분이었다. 차가운 피부 조직이 온천

물에 풀어지듯 녹아내렸다. 온천에 앉아서 우리가 오르내린 산을 바라봤다. 매년 오고 싶었다.

결국 나는 다음 해 겨울에도 아키타를 다시 찾아 모리요시산에서 백컨트리 스키를 즐겼다. 물론 온천에도 갔다. 코로나 시기에는 해외로 스키 트립을 가볼 생각은 할 수 없었다. 하지만 매년 겨울이면 아키타의 눈 내리는 산과 온천을 생각한다. 유독 추위에 약한 나이지만, 그곳의 겨울에는 추위를 잊게 하는 온기가 있고 추위를 다시 생각하게 하는 풍경이 있다.

사스래, 하고 바람이 울었다

한여름에 숲에 가면 거인의 나라에 온 듯 압도당하는 기분이 든다. 숲이 거대한 전축과 같이 거대하고 웅장한 소리를 내기 때문이다. 그때는 나무와 바위조차도 천천히 몸을 움직이는 걸 느낄 수 있다. 반대로 겨울은 새벽의 거리를 걷는 듯이 고요하다. 소리와 색을 뺀 흑백 무성영화를 보는 것처럼 산이 가진 함의를 찾으며 걷게 된다. 겨울 산에는 여린 생명이 있고, 그 여린 생명에 담긴 우주에 대해 생각한다. 모두 잠든 겨울 산에서는 발걸음도 조심히 내딛는다. 겨울 산은 사람들의 구두 소리만이 또렷이 들려오는 미술관 같기도 하다. 그곳에서는 천천히 걸어야 하고 길게 호흡해야 한다. 여느 날과 같은 아침, 뉴스를 보다가 그 어떤 작가의 전시회보다 가리왕산에 가보고 싶어졌다.

평창 동계올림픽을 앞두고 가리왕산의 왕사스래나무를 잘라내고 있다는 소식이었다. 산자락에 거인의 지팡이처럼 굵고 기다란 나무들이 널브러져 있었다. 누군가 꽉 움켜쥐어서 휘어진 것만 같은 멋진 나무들이었다. 이 나무들을 벌목한 이유는 올림픽 기간 중 단 며칠 동안 사용될 스키 활강경기장을 만들기 위해서였다. 나무가 없는 산. 그것은 소리를 내지 못하는 악기와 같다. 이제 가리왕산 중봉의 한쪽 사면은 현이 뜯겨나간 만도라처럼 버려질 위기에 처해 있었다. 나무가 길을 만들면, 그 길을 따라 삶의 거처를 오고 가던 노루와 금강초롱꽃은 엄마의 손을 놓친 아이처럼 망연자실할 것이다. 바다가 산이 된 이래 가리왕산은 가장 비극적인 운명을 앞두고 있었다.

마침 평창의 밤과 낮을 기록하고 있던 사진가 김영일

이 떠올랐다. 그는 문화재청에서 일하며 가리왕산의 풍경을 도록으로 만드는 작업을 하고 있었다. 김영일은 매일 무거운 촬영 장비는 물론이고 텐트와 침낭까지 짊어진 채 가리왕산을 오른다고 했다. 그는 시간을 기록하는 자였으므로 시간 속으로 걸어 들어갔다. 산중의 시간은 하루에도 수많은 탄생과 소멸을 겪었다. 은하수처럼 말이다. 가리왕산의 사계절을 사진으로 담아온 김영일이라면 취재에 도움을 줄 것 같았다. 평창 동계올림픽의 어두운 면을 파헤친다기보다는 그동안 비밀에 쌓여 있던 가리왕산이 알고 싶었다. 다만, 가리왕산의 상봉, 중봉, 하봉을 잇는 대부분의 산자락은 산림유전자원보호구역으로 지정돼 일반인의 입산이 엄격히 제한되어왔다. 정선과 평창 국유림관리소에 취재 공문과 입산허가 신청서를 보내고 나서 며칠 뒤에야 출입을 허락받을 수 있었다.

새벽의 공기를 뚫고 평창 미탄면에 도착했다. 사흘 동안 이상기후로 따뜻한 겨울날이 계속되고 있었다. 이윽고 며칠 전 내린 눈마저 대부분 녹아버린 겨울 산을 올랐다. 쾌청한 하늘이어서 다행이라고 김영일에게 말했더니 뜻밖의 대답이 돌아왔다.

"맑은 날씨는 산이 가장 안 보이는 날이에요. 날씨가 흐리면 산을 더 가깝게 느낄 수 있어요."

대체 무슨 말인가 싶었다. 때때로 그는 하늘을 보려거든 발밑부터 확인하라거나 음악을 듣고 싶으면 귀를 막으라는 양으로 억설적으로 밀하길 좋아한다. 그러나 김영일이 보여준 사진을 보고 그 말의 깊은 뜻을 이해했다. 사진 속에는 안개가 금방이라도 눈이 되어 내릴 것 같은 날, 산안개가 사진가의 주변을 장막처럼 감싸고 있었다. 안개 속에서 산은 풍경이 아니라 공간이 되었다. 그 공간 안에서는 바위 밑의 꽃과 지척의 나무가 더 분명히 보였다. 어둡고 흐린 나날을 지날 때에야 또렷해지는 것들에 대해 생각했다. 가리왕산의 비극적인 소식이 우리를 이리로 이끌었듯이.

"산을 알려면 북쪽을 보아야 합니다. 음지가 그 산의 성질을 결정하거든요."

꽃과 나무가 자라기에 쾌적한 환경이 아니라 오랜 추

위를 견디고 햇볕 한 줌만으로 싹을 틔워야 하는 곳. 흙과 바위를 덮은 이끼 군락을 지나 가리왕산의 북서면을 오르며 김영일이 말했다. 해가 중천을 지나는 시각에도 이곳엔 산그림자가 덮여 있었다. 나무 사이로 흐르는 젖은 공기의 향이 머리를 맑게 했다. 산은 북쪽을, 사람은 뒷모습을 보아야 제대로 보는 것이다. 그러나 산이나 인간이나 아물지 않는 상처는 있다. 실제로 가본 스키 활강경기장엔 이미 잘린 나무와 잘려질 나무만이 존재하고 있었다. 이곳에서 무려 6만 그루의 사스래나무가 잘려나갔다고 했다. 수목한계선에서 하늘을 향해 뻗어 있던 최후의 나무였다. 수천 년 동안 산과 하늘을 잇던 사스래나무는 그곳에 없었다. 능선 위에 올라서자 사스래, 하고 바람이 울며 지나갔다.

김영일은 가리왕산의 지리를 인간의 몸에 빗대어 설명했다. 산과 인간은 나무와 새처럼 결국 같은 운명을 타고난 것이었다. 우리는 가리왕산의 배꼽인 마항치 삼거리에서 가슴께인 장전리, 막동리를 지나 백석산으로 향했다. 사스래나무, 산벚나무, 주목, 함박꽃나무가 다음 생으로 향하며 수피를 갈아입고 있었다. 사스래나무의 수피는 종이처럼 얇고 은빛을 띠었다. 옛 사람들은 그러한 사스래나무 수피 위에 그림을 그렸다고 한다. 햇빛이 사스래나무 수피에 닿자 말이 달려나가고 구름과 연꽃이 피어나고 별자리가 반짝였다. 그 안에 담긴 시간의 깊이는 헤아릴 수 없는 것이었다. 사스래나무는 이제 무엇을 더 기록할 수 있을까? 천년의 시간에게 질문을 던졌으나 답은 돌아오지 않았다.

산속에 새겨진 수직과 수평의 길을 따라가는 동안 그림자와 햇볕이, 눈길과 마른 길이 거듭 나타났다. 뒤척이는 사람의 몸을 타고 내려오는 것 같았다. 가리왕산은 발끝인 평창 회동리부터 머리끝인 모릿재까지 임도를 따라가면 약 100킬로미터에 이른다고 한다. 일반인의 출입을 제한해온 가리왕산이 얼마나 거대한 산인지 그 내밀한 깊이는 알 수 없었다. 내열성이 뛰어나 화폐를 만드는 거푸집의 재료가 되었다는 산벚나무가 울타리처럼 가리왕산을 지켰다.

"겨울은 산이 밝아지는 시기예요. 겨울 산에서는 마

른 가지 사이로 산의 바깥을 살필 수 있죠. 가리왕산은 가깝게는 중왕산, 남병산, 청옥산, 백석산 등이 에워싸고 있고 멀리는 발왕산, 계방산, 오대산까지 볼 수 있어요."

그야말로 첩첩산중이었다. 가리왕산에서 백두대간을 바라보니 셀 수 없이 많은 산들이 군락을 이루고 있었다. 다시 보니 산은 집이었다. 수많은 생명이 산을 짓고 있었다. 산 옆에 또 산을 짓고, 산과 산이 하나가 된 산중. 사진가의 시선이 멈춘 지점에서 눈이 깊어졌다. 가리왕산의 북쪽인 백석산에 올라서자 스키 활강경기장이 다시 시야에 들어왔다. 상봉 너머 중봉의 정상부 단면이 하얗게 깎여 있었다. 차가운 바람이 들 것 같은, 고장 난 집이었다.

고 김장호 작가는 『한국백명산기』평화출판사, 2009에서 가리왕산을 일컬어 '입산을 실감 나게 하는 산'이자 '한반도 최후의 심산'이라고 했다. 우리는 이제 어디서 그 산을 찾을 수 있을까? 집처럼 오붓하고 아늑한 진짜 산을 말이다.

3부

별을 찾는 마음으로

걸음의 무게

라이트 하이킹Light Hiking은 새롭고 진보적인 하이킹 문화다. 이것은 말 그대로 가벼움을 추구하는 하이킹 스타일을 말한다. 라이트 하이커들은 얇고 작은 배낭에 최소한의 장비와 음식만을 지참한다. 그들은 비와 햇볕을 막아줄 타프와 트레킹 폴로 설치한 간이 셸터에서 야영을 한다. 음료 깡통으로 직접 만든 알코올 스토브를 사용하고 테이블과 의자는 숲속에서 찾아낸 나무와 돌로 대신한다. 라이트 하이커들이 애용하는 동결건조식품도 의외로 다양한 종류가 있다. 조리 시 쌀보다 연료 소비가 적은 오트밀도 라이트 하이커라면 항상 구비해놓는 식재료이다. 그러나 작고 가벼운 것, 그 자체가 라이트 하이킹의 목적은 아니다. 그들은 불필요한 짐을 줄이면서, 인간과 자연 사이에서 균형을 찾는다.

우리나라에 라이트 하이킹 문화를 알려온 김민환을 따라 가평 연인산에 간 적이 있다. 연인산은 계곡이 크고 깊다. 계곡을 거슬러 오르는 길과 숲속에 난 길이 반복된다. 또 곳곳에 배낭을 풀고 드러눕고 싶은 평평한 땅이 있다. 하이킹을 떠나기 전날 밤, 40리터가 채 되지 않는 배낭에 침낭, 매트, 조리 도구를 고심하며 하나하나 챙겨 넣었다. 백패킹이라고 하면 군장처럼 커다란 배낭을 떠올리던 때가 있었다. 그러나 라이트 하이킹은 침낭 하나를 넣기에도 빠듯해 보이는 배낭과 스니커즈만큼 얇고 가벼운 하이킹화를 선호한다. 그러나 라이트 하이킹이라는 새로운 개념의 야영 스타일이 우리에게 던지는 화두는 가볍지 않다. 그것은 무게가 아닌 균형에 관한 것이다. 이것은 야영뿐만 아니라 문밖의 활동 전체에 적용된다.

라이트 하이킹의 핵심은 무게를 최소화해 먼 거리를 효율적으로 이동하는 것이다. 짐을 줄이면 자연과 교감할 여유를 가지고 체력도 분배할 수 있다. 또한 자기 자신과 자연에 집중할 수 있게 된다. 라이트 하이커는 짐뿐만 아니라 식사의 양을 조절해 숲과 바다에 인간의 흔적을 덜 남기고자 노력한다. 그들에게는 신체적인 능력에 따라 코스와 일정을 계획하고, 도구를 지혜롭게 사용하는 것이 최고의 미덕이다.

김민환은 집에서 씻고 다듬어 온 식재료를 끼니에 맞게 정확히 소분해 왔다. 야영지 근처의 대형 마트에서 일회용기에 담긴 고기와 채소를 무분별하게 구입하는 야영가들과는 달랐다. 나는 도시락만큼 작게 접히는 아주 작은 텐트를 지참했다. 텐트마저도 과하다고 생각한 김민환은 새벽이슬을 피할 타프만을 설치하고 그 아래 얇은 매트리스를 깔았다. 그는 그것이 충분하다고 생각한 것이다. 모자라더라도, 포기한다는 의미가 아니다. 자신의 야영지 또는 인생에서 무엇이 얼마만큼 필요한지를 아는 것은 얼마나 중요한 지혜인가. 라이트 하이커는 산을 걸으며 술이 떨어지거나 배고픈 밤이 올 것임을 두려워하지 않는다. 올라가는 길도, 내려오는 길도 필요한 것은 힘의 분배와 삶의 방향이다. 자연은 낭비가 없다.

미국의 자연주의자이자 문학가였던 헨리 데이비드 소로가 쓴 『월든』은 내가 라이트 하이킹을 이해하는 데 큰 도움을 주었다. 소로는 조그만 오두막에서 자급자족하며 살던 시기에 커튼을 구입하지 않는 이유에 대해 이렇게 말한다.

"해와 달 말고는 나를 쳐다보는 사람이 없으니 자연의 빛은 당연히 들어와야 한다. 달은 우유를 상하게 하거나 고기를 썩게 하지도 않을 테고, 햇빛으로 가구가 손상되거나 카펫이 바랠 염려도 없다. 너무 더운 날에는 그저 자연이 주는 그늘이라는 커튼 뒤로 물러서는 게 살림살이를 늘리는 것보다 경제적으로 훨씬 낫다."

라이트 하이커에게 좋은 장비란 소로가 말하는 '자연이 주는 그늘이라는 커튼'과 같다. 그들은 비움으로써, 비로소 자유를 얻는다.

산 달리기

에디터로 일하다보면 취재원들에게 깊이 동화될 때가 있다. 두 번째로 근무했던 아웃도어 잡지인 『고아웃』에서 달리기 특집을 취재한 이후에는 트레일 러닝Trail Running에 빠져 있었다. 시작은 러너들과의 인터뷰였다. 최근까지 파타고니아의 후원을 받으면서 달리고 있는 트레일 러너 고민철, 박준섭을 그때 만났다. 둘은 주로가 아닌 흙길을 달리는 즐거움에 대해 이야기했다. 이들과 대화한 뒤 지금까지와는 다른 관점에서 산을 경험하고 싶었다. 있는 힘껏 달릴 때에야 느껴지는 산의 촉

감과 공기가 있었다. 곧 산 달리기의 깊은 세계에 매료
됐다.

취재를 하러 선자령으로 떠나기 며칠 전, 함께하기로
한 고민철이 달리기를 좋아하느냐고 물었을 때 내 머릿
속은 달리지 못하는 이유를 찾느라 분주했다.

"요즘은 달릴 시간이 없고, 무릎이 아프고, 무엇보다
지루해요. 그 대신 서핑이나 낚시에 더 빠져 있어요."

궁색했다. 달리기는 인류가 종을 보전하기 위해 진화
시킨 가장 기본적인 움직임이었다. 인간만큼 오래, 멀리
달릴 수 있는 동물은 거의 없다. 그러니 달리기를 지루
해하는 것은, 퇴화하는 인간의 감각이나 나날이 높아지
는 삼십 대의 비만율 같은 것인지 모른다.

나는 선자령을 뛰어서 오르내리고, 몇 명의 러너를
인터뷰하고, 달리기와 관련된 책을 읽으면서 생각했다.
그동안 기록과 경쟁을 위해서가 아닌 '나만의 달리기'
를 해본 적이 있었던가? 아무리 기억을 되짚어봐도 찾
을 수 없었다. 앞서 나가던 주자를 따돌리거나 가장 첫

번째로 결승선을 통과할 때 짜릿한 기분이 들기는 했지만 달리기 그 자체에서 즐거움을 느끼진 못했던 것이다. '소설 쓰기의 많은 것을 매일 아침 길 위를 달리면서 배웠다'는 무라카미 하루키처럼 인생을 고찰하고 삶의 교훈을 깨달을 여유도 없었다. 나의 달리기에는 출발선과 결승선만이 존재했다. 달리기가 언제부터 내게 기록과 경쟁의 상징이 된 것일까?

나도 산악지대를 달리는 트레일 러닝을 통해 나만의 달리기를 경험해보고 싶었다. 트랙이나 포장된 도로를 달리는 것이 나쁘다는 의미가 아니다. 다만 내가 만난 트레일 러너들은 기록보다 완주를 자랑스러워하고 경쟁보다 협동을 중요하게 생각했다. 그 감정이 궁금했다.

우리는 선자령에서 하루 종일 달리고, 목적지에서 야영으로 하루를 보내는 루트를 기획했다. 선자령은 사람의 이마처럼 완만한 경사를 이루고 있어서 하루나 이틀, 장거리 산 달리기를 하기에 최적의 지역처럼 보였다. 트레일 러너들은 이것을 패스트 패킹Fast Packing이라 부른다. 패스트 패킹은 트레일 러닝과 라이트 하이킹이 결합

된 형태다. 라이트 하이킹이 야영 장비의 경량화를 통해 장거리 트레킹을 가능하게 했다면, 패스트 패킹은 거기에 달리기의 개념이 추가된 것이다. 패스트 패킹은 능선을 따라서 달리다가도 해가 지기 전에는 하산해야 했던 트레일 러닝을 하룻밤 이상 지속 가능하도록 했다. 일본에서는 OMMThe Original Mountain Marathon 레이스처럼 수백 킬로미터를 달려나가면서 중간중간 야영을 하는 산악 스테이지 대회도 열리고 있다. 이 대회에 참가하는 주자들은 자연 속에서 육체와 정신을 고양하고 완주를 목표로 하며 걷거나 쉬기를 부끄러워하지 않는다.

강원도 평창군의 신재생에너지 전시관 인근에 주차를 하고 선자령을 오르기 시작했다. 선자령은 노스페이스에서 주최하는 'TNF 100' 대회가 열릴 만큼 검증된 트레일 러닝 코스다. 사진가까지 다섯 명은 쌀과 고기 대신 초콜릿, 비스킷, 누룽지, 통조림 참치, 에너지 바 등을 지참했다. 조리가 필요한 음식은 따뜻한 물을 부어서 조리하는 동결건조 즉석 비빔밥뿐이었다. 물을 끓이는 용도로 스토브는 단 하나만을 준비했고 불필요한 연료의 무게를 줄이기 위해 LED 랜턴을 챙겼다. 햇볕과 비를 피할 타프도 하나뿐이었다. 장비를 공유하면서 그룹을 지어 달리는 방식에 대해 고민철은 철새 같다고 했다. 주자들은 길을 찾고 서로의 상태를 파악하고 필요한 장비와 식량을 나누며 철새와 같은 동반 상승효과를 경험한다.

캠프 사이트를 설치하자마자 요리를 하느라 분주하지 않아도 됐다. 주변을 가벼운 달리기로 둘러본 뒤 챙겨 온 과자와 조금의 술을 마셨다. 쓰레기는 거의 나오지 않았다. 쓰레기를 수거하는 데 4.5리터 에코 색 하나로도 충분했다. 먹거리와 잠자리를 단순화하는 것은 오늘날 하이커들의 가장 큰 미덕이다. 다만 추운 겨울이면 동계 침낭을 하나 넣기에도 빠듯할 만큼 작은 배낭이기에 패스트 패킹은 온화한 날씨에만 가능해 보였다.

선자령의 등산로는 크게 양 떼 목장, 풍해조림지, 샘터를 경유하는 서쪽 능선과 대관령국사성황사를 지나는 동쪽 능선으로 나뉘는데 들머리부터 선자령 정상까지는 두 가지 길 모두 약 5킬로미터로 같다. 우리는 숲과 계곡이 이어지는 서쪽으로 올라 비박을 한 뒤 동쪽에 펼쳐진 너른 초지를 따라 내려왔다. 가끔 숨이 차올랐지만 그럴 땐 잠시 계곡물을 마시며 쉬었다. 아침 안개로 피부가 기분 좋을 만큼 촉촉했고 흙과 풀이 가진 탄성이 무릎에 전해져오는 듯했다.

　나는 선사링에서의 패스트 패킹 이후 무라카미 하루키의 『달리기를 말할 때 내가 하고 싶은 이야기』문학사상, 2016와 크리스토퍼 맥두걸이 달리기를 고찰한 『본 투 런』여름언덕, 2016 등의 책을 읽으면서 조금이나마 달리기의 의미를 이해할 수 있게 되었다. 이때의 경험을 통해 나는 달리기를 막 시작한 초심자들에게 러닝 애플리케이션을 다운받기 전에, 달리기에 대한 책을 먼저 읽기를 권한다. 달리는 간결한 동작 속에는 복잡하고도 논리적인 힘의 구조가 숨어 있었다. 그 움직임은 춤처럼 원초적이고, 본능적이며, 즐거운 것이었다.

　관심을 가지고 찾아보니 달리기에 대해 진지한 통찰을 기록한 책들이 꽤 많았다. 이집트 사하라 사막, 중국

고비 사막, 칠레 아타카마 사막, 남극, 북극점 마라톤 등 1만 킬로미터를 달려온 트레일 러너 안병식의 『사막에서 북극까지 나는 달린다』씨네21 북스, 2012도 찾아 읽었다. 나 또한 달리기라는 단순한 동작들을 반복하는 동안 이 책을 쓴 주자들처럼 더 넓은 세계를 발견할 수 있을까? 당장 그렇지 않아도 좋다. 달리기의 즐거움을 아주 조금이나마 이해하게 된 것은 시작에 불과하다. 나는 이제야 경쟁이 아닌 자유를 향한 출발선에 선 것이다.

15시간의 달리기

한동안 달리기와 관련된 책을 읽고 러너들을 만나 대화하고 실제로 달리면서 대회에 출전하고 싶다는 생각이 들 무렵 경남 하동에서 10월에 열리는 하동국제울트라러닝대회UTMJ 50K 코스에 선수 등록을 했다. 고민철은 "러너는 대회를 통해 성장한다"고 조언했다. 용기를 내참가한 트레일 러닝 대회는 특별했다. 마라톤대회에 비하면 규모도 참가자도 적어서 산속 작은 축제 같았다. 지리산에서 개최되는 대회로, 50킬로미터를 완주해야했다.

두 달의 시간이 남아 있었다. 일주일에 세 번 정도 한 강을 달렸다. 첫날은 5킬로미터를 달렸고 한 달쯤 지났을 땐 10킬로미터를 달릴 수 있었다. 그사이 독일 뉘른베르크와 미국 포틀랜드로 출장을 떠났을 때에도 누구보다 먼저 일어나서 아침 달리기를 하며 그곳의 공원과 건축물, 주차된 자동차를 구경했다. 아무 생각이 없을 때도 있었고 미뤄둔 일이나 인간관계에서 생긴 조그만 고민거리를 곱씹을 때도 있었다. 자주 라디오를 들었다. 뜨거워진 몸으로 다시 집 앞에 돌아오면 어린이집으로 향하는 다섯 살 조카가 반겨주었다.

아침 공기와 함께 땀을 흘리면 머릿속이 맑아져서 물속에 있는 기분이 들었지만 단 몇 주의 훈련만으로 눈에 띌 만큼 살이 빠지거나 명민해졌다고 할 수는 없다. 중요한 것은 내 안의 무언가를 버리고 새로 얻으면서 순환하고 있다는 사실이었다. 마침내 훈련 막바지에는 무려 26킬로미터를 쉬지 않고 달려서 남산을 세 번이나 오르내릴 수 있었다.

UTMJ 대회는 하이킹 의류 브랜드의 디렉터 이의재

와 동반 완주를 목표로 준비했다. 이의재는 강원도 대관령과 선자령을 잇는 TNF 100 코리아 대회에서 50K 코스를 완주한 경험이 있었다. "먹는 것이 정말 중요하다"는 그의 조언대로 경기 중 바닥난 탄수화물과 아미노산을 보충해줄 수 있는 에너지 젤을 충분히 휴대했다. 이것이 무릎 부상으로 신음하던 내가 레이스 후반부에도 쉬지 않고 걸을 수 있었던 원동력이 됐다고 생각한다. 이밖에 트레일 러닝화와 쇼츠, 러닝 싱글렛, 트레일 러닝 백팩, 트레킹 폴 등을 준비했다.

경남 하동과 지리산국립공원 일대에서 열린 UTMJ 대회의 50K 코스 실제 거리는 56킬로미터, 누적 고도는 자그마치 3,570미터나 된다고 주최 측은 공지했다. 대회 당일에는 우천으로 길이 미끄러워져 100K 코스는 취소되고 50K 코스에서 약 이백 명의 주자가 레이스를 펼쳤다. 50K 코스에는 총 다섯 개의 체크포인트가 준비돼 있었는데, 이곳에서 물과 식량을 보충하고 간단한 치료도 받을 수 있었다.

나는 허무하게도 첫 번째 체크포인트를 지난 직후 왼

쪽 무릎에 통증을 느끼기 시작해 더 이상 달릴 수 없을 만큼 상태가 악화됐다. 고작 10킬로미터가 지난 시점이었다. 초반 1,100미터 고도의 급경사 지대를 급속 산행한 뒤 300미터 다운힐 코스에서 기분이 좋아진 나머지 오버 페이스를 한 것이 원인이었다. 압박붕대를 무릎에 감고 남은 약 45킬로미터를 걸어야 했다. 체크포인트에 들릴 때마다 압박붕대를 교체해 더 강하게 묶었다. 내리막에선 뒤로 걸어야 할 만큼 최악의 상태가 되었다. 트레킹 폴을 너무 세게 쥔 나머지 양 손바닥에는 동전만한 물집이 잡혔다. 다만 에너지 젤과 아미노산 가루를 풀어 넣은 물을 꾸준히 섭취했기에 체력적으로 지치지 않았고 정신 상태도 꺾이지 않았다. 물론, 파트너가 되어준 이의재의 희생이 없이는 걷기조차 불가능했을 것이다.

마지막 체크포인트를 통과할 때쯤 출발선을 지난 지 12시간이 지났고 헤드랜턴을 켠 채 레이스는 계속됐다. 우리는 내리막에서 지체되는 시간을 보완하기 위해 체크포인트에서 쉬지도 않고 어둠 속을 걸었다. 아무리 달려도 눈앞의 달이 가까워지지는 않는 것처럼 수많은 봉우리는 달릴수록 어둠 속으로 사라져갔다. 고통스러웠다. 그러나 결승선을 지났을 때, 다시 달리고 싶어졌다.

경주 시간Race Time 15:15:03
종합 순위Rank Overall 102/209

내가 첫 트레일 러닝 대회에 참가해 받아 든 성적표다. 인터뷰로 만난 친구들이 나를 새로운 달리기의 세계로 이끌었다. 두 달의 훈련을 거쳐 이제 막 결승선을 통과한 내게 '달리기의 즐거움'을 알았느냐고 묻는다면 천만에, 달리기는 끔찍했다. 일주일이 지난 시점까지도 무릎 통증은 사라지지 않았고 발톱이 두 개나 빠졌다. 면역력이 약해져서 안 걸리던 감기까지 달고 말았다. 그러나 체력이 회복되면 다시 아침 달리기를 시작했다.

이듬해 봄, 트레일 러닝 대회에 두 번째로 참가했다. 한국을 대표하는 국제 트레일 러닝 대회인 KOREA 50K 대회였다. 완주 후에는 스마트폰에 이런 메모를 남겼다.

"네 번째 체크포인트를 지날 때쯤 힘들어서 정신이 나갔는지 UTMJ에서 달리고 있는 나 자신이 보였다. 그때부턴 그와 함께 달렸다. 오직 둘이서 무거운 어둠과 미로 같은 길을 헤쳐나가야 했다. 경험이 더 많았다면 열 명쯤 되는 나 자신과 함께 달렸을 것이다."

이후로 나는 산에서 달릴 때마다 과거의 나 자신과 함께했다. 자연에서의 경험은 동료이자 식량이자 도구와 같다. 그렇게 달리기를 하면서, 체크포인트를 지나면서, 언젠가 내 인생의 레이스를 모두 마쳤을 때를 생각해보는 것이다. 비록 상처와 먼지투성이인 인생이었지만 최선을 다해 살아왔다는 것. 그때의 웃음이야말로 정직하게 레이스를 마친 자들이 가질 수 있는 최고의 메달이라는 것을.

나만의 레이스

'나만의 레이스를 펼치자.'

검은색 웨트슈트를 입고 빨간색 수모를 쓴 수백 명의 무리 속에서, 남은 생수 한 모금을 아주 조금씩 목 끝으로 넘기면서 다짐했다. 긴장한 탓인지 입이 말랐다. 7월의 마지막 날, 잠실수중보에는 상류에서 흘러온 물이 세차게 낙하하고 있었다. 수중보를 따라 긴 띠를 이룬 포말이 크림처럼 섞이지 않고 둥둥 떠다녔다. 하늘에는 구름이 잔뜩 끼어 있었다. 잠시 부슬비가 내렸다 그쳤지만, 언제고 다시 내릴 것 같은 분위기였다. 날씨가 기분을 좌지우지하는 날이 있다. 그러나 이날만큼은 흐린 날씨가 다행이라고 생각했다. 전날 선수 등록을 위해 대회장을 방문했을 때는 기온이 35도까지 치솟았다. 에어컨을 켜기 전의 자동차 운전석처럼 후텁지근한 공기가 가득했다. 한강물마저 식은 콜라처럼 미지근해 보였다. 같이 온 지윤근에게 "내일 다 쓰러지겠는데요?"라고 말하자 그도 동의한다는 듯 웃었다.

대회 당일 오전 기온은 28도였다. 습식 사우나처럼 더운 공기는 그대로였지만 기온이 많이 내려갔다는 사실에 안도했다. 비에 젖은 땅의 축축한 냄새가 나쁘지 않았다. 가끔은 새벽 일찍 일어나서 무언가를 하는 것만으로도 고리타분한 일상을 환기하는 데 도움이 된다. 새벽의 공기에는 산에서 흘러온 물처럼 새로움이 있다. 제18회 서울특별시 철인3종협회장배 아쿠아슬론대회. 나의 첫 아쿠아슬론 도전이 시작되기 직전이었다. 한강에서 1,500미터를 수영한 뒤 곧바로 잠실대교와 올림픽주경기장 사이 10킬로미터를 달리는 코스였다.

운동을 즐기는 나에게 수영과 사이클, 달리기를 연달

아 완주하는 트라이애슬론은 늘 동경의 종목이었다. 그래도 선뜻 도전하지 못한 이유가 있었다. 자전거가 없다. 값비싼 자전거를 덜컥 사기엔 부담이 된다. 설령 산다 해도 집에 놓을 곳이 없다. 역시 내게 있어서 취미 생활을 위한 크고 아름다운 물건은 서프보드 하나면 충분하다. 비록 사이클은 먼 미래로 미루어두었지만 수영과 달리기라면, 조금은 해낼 자신이 있었다. 아쿠아슬론은 수영과 달리기, 단 두 가지 종목만 완주하면 된다. 아마도 나처럼 사이클에 부담을 느끼는 사람들을 위한 대회 같다.

오랫동안 끈기 있게 수영을 하다보면 수영이 걷는 것보다 편하다고 느낄 때도 있다. 수영은 어릴 때 배웠고 운동 삼아 꾸준히 해왔다. 대학생 때는 물론, 군대에서도 동기들과 아침 수영을 다녔다. 뭐든지 천천히 오래 하길 좋아하는 나는 속도가 빠르진 않아도 긴 거리를 참을성 있게 나아갔다. 긴 시간 수영을 하면 머리가 가볍고 맑아졌다. 같은 동작을 끊임없이 반복하다보면 마치 호흡을 하듯 어느 순간부터 더 이상 힘이 들지 않는다.

그런 느낌이 좋았다. 물의 흐름 속에 들어와 있는 느낌.

서핑을 시작한 뒤로는 수영 연습을 자주 하지 않아도 필요한 호흡과 근육을 기를 수 있었다. 다만 강이나 바다처럼 오픈 워터에서 장거리 수영을 해본 경험이 없었다. 비도 바람도 없는 통제된 환경 속에서만 수영을 해온 것이다. 흐린 날씨에, 그것도 흙탕이 된 한강에 뛰어드는 일에는 용기가 필요했다. 실제로 한강의 물속은 가시거리가 1미터도 채 되지 않았다. 물속에서 눈으로 느낄 수 있는 건 수면을 뚫고 들어오는 옅은 빛과 고운 흙이 뒤섞인 묘한 분위기뿐이었다.

달리기도 10킬로미터 정도라면 해낼 수 있을 것 같았다. 문제는 너무 더운 날씨였다. 이른 아침이나 늦은 밤을 이용해 훈련했다. 덥긴 마찬가지였다. 페이스를 낮춰서 천천히 뛰어도 10킬로미터를 달리면 영혼마저 몸을 빠져나가는 기분이 들었다. 탈수증에 걸리지 않기 위해 물을 충분히 섭취했다. 또 1,500미터의 수영이 직후에 이어지는 달리기에 얼마나 많은 영향을 미칠지 감이 오지 않았다. 장거리 수영과 달리기를 동시에 해본 적은 한 번도 없었다. 그렇게 몇 주가 강물처럼 흘러 대회 당일이 왔다. 출발선에 섰을 때 웨트슈트 안쪽으로 뜨거운 땀이 흘렀다.

출발선에는 오픈 워터에서의 수영 경험이 있는 임동진과 매년 한강 아쿠아슬론 대회에 참가하는 지윤근이 함께 서 있었다. 그들과 같이 있다는 사실만으로 밥을 잘 챙겨 먹은 것처럼 든든했다. 수영은 잠실수중보 앞에 설치한 750미터 길이의 삼각형 레인을 두 바퀴 도는 것이었다. 앞이 거의 보이지 않는 시야, 유리한 위치로 몰려드는 사람들, 한시도 쉬지 않는 강의 흐름을 이겨내야 했다. 단 한 가지, 실내 풀에서의 수영보다 나았던 점은 웨트슈트였다. 평소 서핑을 하면서 슈트의 불편함을 느껴온 나로선, 슈트 착용이 의무 조항만 아니었다면 준비조차 하지 않았을 거다. 그런데 한강에서 수영을 해보니 슈트의 부력 덕분에 훨씬 쉽게 수영을 할 수 있었다. 몸이 저절로 물에 뜨니 오직 전진하는 데에만 에너지를 사용할 수 있었다.

수영이 시작되자 참가자들은 좋은 코스를 차지하기 위해 애썼다. 수십 명의 사람들이 레인의 안쪽 지점으로 몰렸다. 톨게이트를 앞두고 있는 도로의 출근길 정체 같았다. 특히 커브 구간이 심했다. 어디서 나타난 건지도 모르는 사람의 팔다리가 내 몸을 치고 지나갔고, 뒤에서 발을 잡아당기기도 했다. 나 역시 알게 모르게 주변 참가자들에게 방해가 되었을 것이다. 정신없는 상황에서 페이스를 유지하기 위해 노력했다. 정확한 자세를 유지하고, 편안한 호흡을 반복하며, 시선은 목표 지점을 바라보는 것. 그것은 인생과 비슷하다. 힘들수록 기본을 지키는 것이다. 그러나 기회를 잡기 위해 위험을 감수하고 전력을 다 해야 하는 순간도 있다.

마지막 직선 구간에서 약 200미터를 남겨뒀을 때, 생각보다 상위권에서 수영하고 있다는 걸 깨달았다. 후반에는 호흡이 거칠어질 정도로 오버 페이스를 해서 두세 명을 더 앞질렀다. 1,500미터 수영의 기록은 33분 25초. 꽤 좋은 기록이었다. 함께 참가한 임동진이 스마트워치로 수영 거리를 측정했는데, 총거리가 1,800미터가 나왔다고 한다. 흐릿한 시야와 흐르는 강물 때문에 코스에서 이탈하거나 멀리 돌아 나오다보니 실제 수영 거리는 대회 코스보다 더 길어지는 것이다.

수영을 마치고 바꿈터로 뛰어가면서 웨트슈트를 벗었다. 몸을 조이는 슈트를 한시라도 빨리 벗고 가벼워지고 싶었다. 바꿈터에 미리 준비해둔 러닝복으로 서둘러 갈아입고 달리기를 시작해야 했다. 아쿠아슬론 대회 경험이 많은 사람들은 수영을 마치고 달리기를 준비하는 바꿈터에서 2분 정도 머무른다. 경험이 없던 나는 젖은 몸으로 옷과 신발을 착용하는 데 서툴렀다. 바꿈터에서 꽤 오랜 시간을 흘려보냈다. 물도 마시고, 호흡도 골랐다. 달리기를 시작했을 땐 여전히 웨트슈트를 입고 있는 듯 몸이 무거웠다. 몸이 물에 젖어 있었고, 중력이 강하게 느껴졌다. 발이 땅에서 떼어지지 않았다. 달리기 초반에는 복부가 무척 아파왔다. 아침 식사가 잘못된 것인지, 장거리 수영 때문인지 알 수는 없으나 더 빨리 뛰면 경련이 일어나서 중도 포기할 것만 같았다.

몸의 움직임과 호흡을 가다듬어야 했다. 1,500미터의 수영을 마친 사람들 사이에는 함께 흘러가는 자들의 연대감이 있었다. 달리면서 만나는 사람들은 서로에게 힘이 되어주었다. 박수를 치거나 파이팅을 외치면서 에너지를 공유했다. 잠시나마 아드레날린이 샘솟았고 고통을 잊을 수 있었다. 어느 순간에는 한강의 풍경을 바라볼 여유도 생겼다. 신체적으로나 정신적으로나 안정감을 찾은 후반에는 스퍼트를 냈다. 10킬로미터 달리기 기록은 47분 1초. 역시 기대 이상의 기록이었다. 이로써 나의 첫 아쿠아슬론 총 기록은 1시간 23분 39초. 사백여 명이 모인 대회에서 전체 29등, 삼십 대에선 7등을 차지했다. 등수가 중요한 것은 아니지만 예상치 못한 기록이었다. 대회를 마친 날은 상기된 마음이 가라앉지 않았고, 잠이 오질 않았다.

얼마간의 자축 기간이 지나고 '나만의 레이스를 펼쳤는가?'라고 자문해보았다. 레이스 전체를 복기해보면 다른 참가자들에 떠밀려 오버 페이스를 할 때가 있었다. 때때로 자신의 한계점을 찾기 위해서는 잠시 심장박동과 호흡을 잊고 빨리 달려야 하는 법이지만, 결국에는 나의 페이스로 돌아오기 위해서 노력했다. 예기치 못한 상황들 사이에서 생각이 많아지기보다는 생각을 하나로 모으려 했다. 다행히 부상도 없었고, 처음부터 끝까지 레이스에 집중할 수 있었으므로 첫 아쿠아슬론 대회는 성공적이라고 할 수 있을 것이다. 앞으로 몇 번 더 아쿠아슬론 대회에 출전해볼 계획이다. 어떤 경기라도 역시 나만의 레이스를 펼치고 싶다. 인생을 살아나가듯 레이스를 나만의 속도와 호흡으로 채워나가는 것. 그것이 목표다.

레이스는 끝나지 않았다

마라톤이 인생과 같다면, 마라톤 풀코스를 앞두고 있는 기분은 내 인생의 어떤 시점에 비유할 수 있을까? 첫 출근을 고대하며 셔츠를 다리던 날, 낯선 동네로 이사를 떠나려 짐을 챙기던 날, 삼십 대를 맞이하며 사진을 찍던 그날처럼 어쩐지 미지의 세계가 펼쳐질 것만 같다. 우주비행사가 대기권을 통과하듯 인간은 새로운 경험을 통해 자신만의 우주를 넓혀간다. 세 달 전 도쿄마라톤 참가를 결정한 이후, 나는 매일 별을 찾는 마음으로 한강으로 나가 달리기를 했다. 소득이 없는 날도 있었다. 무릎이 아팠을 땐 잠시 포기에 대해 생각했다. 그러나 고통 없이 30킬로미터를 달렸을 때, 페이스를 1초씩 줄여나갈 때, 경험해보지 못했던 거리와 속도를 넘어설 때 별에 가까워지고 있음을 느낄 수 있었다. 더 멀리 더 빨리 달리면서 봄에서 가을로, 여름에서 겨울로 성큼성 큼 나아가는 기분이 들었다.

달리기 선수도 아닌 내가 도쿄마라톤에 초청받은 건 행운이었다. 도쿄마라톤의 최대 스폰서인 아식스는 삼 십여 명의 매거진 에디터, 인플루언서, 엘리트 러너들을 도쿄로 초청하는 이벤트를 열었다. 때마침 아식스의 국 내 마케팅 담당자가 평소 운동을 좋아하는 나의 존재를 알고 연락을 해온 것이다. 제안 내용에는 단순한 도쿄마 라톤 취재뿐 아니라 풀코스 마라톤 출전과 그 완주를 위 한 훈련 지원까지 포함되어 있었다.

나는 트레일 러닝과 아쿠아슬론을 하며 달리기엔 익 숙했지만 주로에서의 풀코스 마라톤은 초심자와 같았 다. 그러나 어린아이들이 넘어지며 자전거를 배우듯 러너는 대회를 통해 성장하는 것이다. 나는 매일같이 달리기 훈련을 했다. 겨울이었다. 영하 10도의 날씨에도 바람 위에 올라앉은 새처럼 달렸다. 눈이 오면 실내 피트니스센터를 찾아 트레드밀 위를 달렸다.

주최 측에서 훈련화로 보내준 러닝화는 밭에서 갓 뽑아낸 잘 익은 무처럼 통통한 생김새를 가지고 있었다. 흙만 잘 털어내면 꽤 먹음직스러워 보이기까지 했다. 신어보니 무와는 달리 베개 위에 올라선 것처럼 푹신했다. 솜처럼 부드러운 쿠셔닝이 발바닥부터 다리 전체로 전해져왔다. 장거리를 천천히 달리는 훈련법에 적합한 러닝화였다. 매주 한 번씩은 이 신발을 신고 20~30킬로미터를 쉬지 않고 달렸다. 마시멜로처럼 두꺼운 중창이 충격을 흡수해준 덕분에 관절과 근육에 무리가 덜했고 회복이 빨랐다. 다음 날 아침이면 다시 훈련할 수 있었다.

그동안은 달리기를 할 때 훈련화와 레이싱화의 개념을 깨닫지 못했다. 집에 비싸고 좋은 러닝화가 있으면 그걸 신고 훈련도 하고 대회도 나갔다. 동네 친구들을 만날 때도 신고 나갔다. 그러나 레이싱화는 탄성이 뛰어난 대신 내구력은 떨어진다. F1의 자동차처럼 안전장치보다는 스피드를 만드는 데 집중한 신발이기 때문이다. 아껴 신을수록 대회에서 제 기능을 발휘할 수 있다. 반면 훈련화는 안정감이 뛰어나 무릎과 발목 부상을 방지하고 오래 신어도 뒤틀리거나 기능이 떨어지지 않는다. 달리기의 성취는 기록이지만, 달리기의 과정은 부상과의 싸움이기도 하다. 대회에선 레이싱화를, 훈련에선 훈련화를 신어야 하는 이유를 배웠다.

3월 초에 열리는 도쿄마라톤을 준비하면서 가장 힘든 점은 추위와 에너지 보충이었다. 겨울철 한강의 급수대는 동파를 방지하기 위해 사용이 금지되었다. 인적이 드문 한강공원의 편의점 대부분은 임시 휴업 상태였다. 물과 간식을 구할 곳이 없었다. 영하의 날씨 속에서 체력은 더 빨리 소진되었다. 도저히 집으로 돌아올 체력이 없어 택시를 타고 한강을 거슬러 오기도 했다. 유난히 춥던 2월 초, 영하 10도의 강한 추위를 피해 제주도로 훈련을 떠났다. 이맘때 전지훈련을 온 엘리트 러너들을 대상으로 한 러닝 코칭 프로그램에 참여하기로 한 것이다. 비교적 따뜻한 환경에서 훈련을 이어갈 수 있었을 뿐 아니라 국가대표 출신인 정상민 코치에게 올바른 주법과 부상을 방지하는 방법을 배울 수 있었다.

나는 왼쪽 무릎에 장경인대 부상을 겪고 있었다. 러너에게 부상은 사춘기처럼 찾아왔다. 의욕이 앞섰고, 예고 없이 발현하며, 갈수록 심각해졌다. 정상민 코치는 장경인대 부상에는 허벅지가 아닌 엉덩이 근육을 단련해야 한다는 사실을 알려주었다. 발을 넓게 벌리고 스쿼트를 하며 둔부에 자극을 주는 운동법도 그때 배웠다. 그 이후로는 달리기를 하러 나가기 전, 엉덩이 근육을 깨우는 스트레칭과 스쿼트를 했다.

또한 이때의 코칭을 통해 내가 보폭이 좁고 발구름 수가 많은 케이던스 주법으로 달려왔다는 걸 알았고, 도쿄마라톤에서 신을 레이싱화도 발에 맞춰 추천받았다. 새 러닝화는 멋진 스포츠카 같았다. 가볍고, 날렵하고, 탄성이 뛰어났다. 물론, 엔진은 러너 그 자신인 것이다. 이 러닝화를 신고 대회 10일 전 마지막 장거리 훈련을 했다. 평소와 같이 편안한 호흡으로 30킬로미터를 달렸지만 페이스는 점점 나아졌다. 달릴수록 속도가 붙는 것 같았다. 마지막 훈련에서 자신감을 얻었다.

대회 3일 전, 일찌감치 도쿄에 와서 가장 먼저 한 일은 도쿄마라톤 엑스포에서 선수 등록을 한 것이다. 엑스포는 피라미드 모양의 거대한 입구 덕분에 '도쿄 빅 사이트'라고 불리는 도쿄 국제전시장에서 열렸다. 길게 줄을 선 러너들의 표정에서 설렘과 긴장감이 동시에 읽혔다. 코로나 이후 사 년 만에 해외 러너들을 맞이한 대회사는 참가자의 건강 상태를 깐깐하게 체크했다. 일주일 전부터 매일 체온을 확인하고 대회사에서 지정한 애플리케이션에 몸 상태를 업데이트해야 했다. 여러 절차를 거쳐 1시간 만에 배번과 기록 측정용 칩이 든 패키지를 건네받았다. 그제야 마라톤을 위해 도쿄에 왔다는 걸 실감했다. 갑자기 배가 고파왔다.

나는 마라토너들의 식이요법인 카보로딩을 위해 도쿄에 오기 3일 전부터 단백질 위주의 식사를 했다. 체중이 빠져나간 몸은 마른 스펀지처럼 무엇이든 받아들일 준비가 되어 있었다. 이제 대회 당일까지는 마라톤의 에너지원이 될 탄수화물을 관절과 근육에 차곡차곡 쌓아두면 됐다. 엑스포를 나서서는 곧장 일본 드라마 「심야식당」의 배경이 되었던 신주쿠의 식당가를 찾아 비빔소바도 먹고 돼지고기가 잔뜩 올라간 덮밥도 먹었다. 몸에 힘이 생겼다. 얼마 전 장거리 훈련을 하며 뻐근해진 몸도 회복되어가는 것 같았다.

도쿄마라톤이 시작되는 신주쿠 일대는 며칠 동안 러너들로 술렁였다. 길에서 만나는 사람들은 대부분 짧은 러닝 쇼츠와 얇은 싱글렛을 입고 과일처럼 영롱한 색의 러닝화를 신고 있었다. 내가 묵게 된 힐튼호텔은 도쿄마라톤 출발선까지 걸어서 10분 정도로 가까웠다. 또한 짧은 교차로를 건너면 달리기를 하기 좋은 센트럴 파크가 있어서 도쿄마라톤을 위해 이곳을 찾은 해외 러너들에게 인기가 많았다. 이맘때면 힐튼호텔은 물론이고 신주쿠 일대의 숙박 가격이 비싸진다고 한다. 참가자들은 일찌감치 도쿄에 와서 선수 등록을 하고 시차에 적응하며 컨디션을 끌어올렸다. 신주쿠 거리를 지나는 사람들에게서 인종이나 성별, 나이를 떠나 어떠한 유대감이 느껴졌다. 그들은 모두 축제의 주인공이자 서로의 서포터즈였다.

도쿄마라톤 당일이 되자 도쿄 도청 주변에 러닝 복장을 한 사람들이 운집했다. 대회에 참가하는 주자만 삼만 칠천 명이었다. 대회 관계자와 응원하는 사람들까지, 신주쿠 일대가 채반 위에 올려진 낱알처럼 들썩이고 있었다. 나의 완주 목표는 4시간이었다. 왜 4시간인지 묻는다면, 3시간은 자신이 없고 3시간 반도 자신이 없었기 때문이다. 4시간쯤으로 달리는 러너는 주변에 꽤 있었기 때문에 한번 해볼 만하다고 생각했다. 쉬울 리는 없었다. 1킬로미터당 5분 40초 페이스로 42.195킬로미터를 달려야 가능한 기록이었다. 지난 세 달의 훈련 과정, 코치의 조언, 러닝화에 더해 무엇보다 스스로를 믿어야 했다. 역시 '나만의 레이스를 펼치자'라고 생각했다. 그 순간 대회 개막을 알리는 흰 색종이가 하늘 위로 떠올랐다. 곧이어 레이스가 시작됐다.

달리기 직전 에너지 젤을 두 개나 먹었다. 10킬로미터마다 꺼내 먹을 에너지 젤은 허리 벨트에 넣어두었다. 장거리 훈련을 하면서 체력 보충이 무엇보다 중요하다고 느꼈기 때문에 대회 중간중간 비치해둔 이온음료도 충분히 마실 생각이었다. 가로등처럼 마른 사람, 자판기처럼 덩치가 큰 사람, 복서처럼 팔을 휘두르며 뛰는 사람, 심지어 저글링을 하며 뛰는 사람까지, 생김새도 자세도 가지각색인 사람들과 함께 달리면서 도쿄마라톤이 러너들의 축제라는 사실을 새삼 깨달았다. 모두 자신만의 레이스를 펼치면서 축제를 즐기고 있었다.

도쿄 도청에서 시작된 레이스는 어느새 도쿄 돔 시티와 간다 헌책방 거리를 지나 일본의 애니메이션과 게임 문화를 대표하는 아키하바라 거리로 접어들었다. 도쿄가 처음은 아니지만 도로 한가운데에서 달리며 바라보는 도쿄 시내는 모든 것이 새로웠다. 원근감을 무색하게 하는 거대한 고층 빌딩, 피아노 건반처럼 붙어 있는 작은 가게들, 도로를 메운 러너들과 응원하는 시민들의 모습이 한눈에 들어왔다. 저 멀리 도쿄 스카이트리가 반짝였다. 마라톤의 중반부인 20킬로미터를 지나고 있었다. 서울에서 열리는 마라톤 코스와 다른 점이 있다면 한강과 같은 커다란 강줄기는 보이지 않는다는 것이다. 굳이 비교하자면 종로나 명동 거리, 가로수길, 남산 코스와 같은 길이었다. 양옆으로는 과거와 현대의 건축물이 공존했고, 앞뒤로는 좁은 길과 넓은 길이 미로처럼 변주되었다.

나는 긴자의 명품 거리를 지나는 30킬로미터 지점까지 1킬로미터 당 5분 30초대의 페이스를 유지했다. 평소보다 빠른 페이스였지만 몸 상태는 매우 좋았다. 호흡이나 근육의 움직임도 편안하다고 느꼈다. 35킬로미터를 지나면서 페이스를 최대 4분 후반까지 높였다. 결승점에 가까워질수록 응원의 열기는 높아졌다. 도쿄 시내의 8차선 도로를 마라톤대회를 위해 막아놓았지만 불평하는 목소리는 없었다. 도쿄 시민 모두가 레이스 근처에서 주자들을 응원했다. 사탕과 초콜릿을 나눠주는 사람, 목청껏 선수의 이름을 연호하는 사람, 춤을 추고 악기를 연주하는 사람들 사이에서 무거워진 다리에 힘이 생겨났다. 삼만 칠천 명의 마라토너는 마치 거대한 물살처럼 쉬지 않고 결승점을 향해 나아갔다.

마침내 저 멀리 결승점이 반짝였다. 잠시 나의 달리기를 복기해보았다. 불과 세 달 전, 나는 마라톤 초심자였고 준비되지 않은 러너였다. 매일 어둠 속에서 별을 찾는 마음으로 한강으로 나가 달리기를 했다. 도쿄에 오기 전까지 나는 달리기에 확신을 가져본 적이 없었다. 그러나 오늘 도쿄 시내를 달리면서 별의 궤적을 본 것 같다. 호흡이 차분해질 때, 다리가 가벼워질 때, 추위와 허기로부터 자유로움을 느낄 때 내가 잘 달려가고 있다고 생각했다. 별은 방향이었다. 결승점에 다다라 달리기를 멈추고 하늘을 올려다봤다. 별의 항로에 들어와 있다고 느꼈다.

3시간 41분 9초. 도쿄마라톤 완주를 향한 도전이 끝났다. 목표로 했던 4시간을 훨씬 앞당긴 기록이었다. 42.195킬로미터를 달린 이후에도 몸이 아프거나 배가 고프지 않았던 것은 그만큼 충분한 준비를 한 결과였다. 레이스를 모두 마친 뒤에 생각해보니 마라톤은

42.195킬로미터가 아니었다. 나는 도쿄마라톤 참가를 결정한 이후로 한시도 쉬지 않고 달려왔던 것이다. 그 안에는 거리나 시간으로 측정할 수 없는 과정이 있었다. 마라톤이라는 레이스에는 훈련하고, 코칭을 받고, 식단을 조절하는 것뿐 아니라 몸과 마음의 컨디션을 가장 좋은 상태로 유지하는 것까지 포함되어 있었다. 아니, 어쩌면 아직도 마라톤은 끝나지 않았다. 여전히 달려야 할 레이스가 남아 있다면 말이다.

달리기를 사랑한 도시

"골드코스트 마라톤에 나간다고?"

골드코스트 마라톤에 나간다고 얘기하면 친구들은 태어나서 처음 보는 과일을 한 입 베어 문 것 같은 표정으로 되물었다. 세계 4대, 5대 마라톤으로 알려진 도시도 아니고 머나먼 호주까지 마라톤을 하러 간다는 게 엉뚱하게 느껴질 만도 했다. 나 역시 여행으로 골드코스트를 두 번 방문한 적이 있지만 달리기를 할 생각은 하지 못했다.

도쿄나 뉴욕, 포틀랜드, 독일의 중소도시로 여행을 떠

날 때는 어떻게든 배낭에 러닝화를 챙겼다. 낯선 도시의 아침을 달리기로 맞이하는 것은 특별한 일이었다. 숙소 주변을 달리면서 길의 생김새나 벽에 그려진 그림들, 자동차, 호텔, 상점을 구경했고 가볼 만한 식당과 카페의 위치를 익혔다. 그러고는 숙소로 돌아와 방문을 열면서 "내가 엄청 괜찮은 곳을 찾았어!"라고 보물이라도 발견한 듯 외치는 것이다.

그러나 골드코스트는 6피트의 서프보드와 잘 마르는 보드쇼츠, 얇은 슬리퍼 외에는 챙길 것이 없었다. 적어도 내 기준에 골드코스트는 달리기와는 거리가 먼 도시였다. 나름의 근거는 있었다. 남반구의 호주는 우리나라와 계절이 정반대이다보니 겨울의 추위를 피해서 온 이 도시의 여름이 너무나 덥게 느껴졌기 때문이다. 바다로 뛰어 들고 싶은 욕구를 잠시도 참기 힘들었다. 그러나 바꿔 생각해보면 우리나라의 폭염이 불쾌지수를 높이는 7월의 여름, 이곳은 10도 내외로 달리기 딱 좋은 기온이다. 습도도 낮아서 거리에는 카페에서 흘러나오는 커피 향과 함께 시원한 바닷바람이 밀려온다.

지난번 도쿄마라톤에서 풀코스를 완주하면서 몇 달간의 훈련을 통해 장거리 달리기에 적합한 몸이 되어 있었다. 몸무게는 2~3킬로그램 가벼워진 반면, 근육에선 전에 없던 탄력이 느껴졌다. 덕분에 첫 풀코스 마라톤에서 4시간 미만의 기록인 '서브 4'라는 만족할 만한 기록도 달성했다. 뚜렷한 목표 없이 휴식기를 가지기는 아쉬웠다. 해를 넘기기 전에 한두 번의 대회에 더 참가해보고 싶었다. 하지만 여름은 생각보다 일찍 찾아왔다. 달리기를 하기에 서울은 습식 사우나처럼 덥고 습했다. 우리나라에서 열리는 마라톤대회에 나간다면 아침 날씨가 선선해지는 10월까지는 기다려야 했다.

그러다 호주 골드코스트 마라톤의 한국 인스타그램 계정을 알게 됐다. 호주가 겨울을 맞이하는 7월, 골드코스트의 길고 아름다운 해변을 따라 달리는 대회였다. 겨울이라고 해봐야 우리나라의 늦가을 정도로 선선한 날씨다. 골드코스트 마라톤 코스는 브리즈번으로 서프 트립을 갔을 때 몇 번이고 차로 오가던 길이었다. 운전을 하다가 언덕 위에 차를 세우고 바다 쪽을 바라보면 파도

위를 오르내리는 서퍼들의 모습이 보였다. 벨벳처럼 고운 해변, 금빛 햇살, 부풀어오른 커튼처럼 우아한 너울. 그곳을 달려보고 싶었다. 바다를 보며 달리는 것은 러너로서 가장 큰 행운이라고 생각했다. 골드코스트 마라톤 참가를 결심하는 데는 오랜 시간이 걸리지 않았다. 달리기를 계속한다면 언젠가는 가야 할 곳이라고 느꼈기 때문이다.

도쿄마라톤을 완주하면서 한 도시를 마라톤으로 여행하는 것이 얼마나 특별한 경험인지 알게 되었다. 도시는 많은 것들이 차도를 중심으로 설계되어 있었다. 도로의 넓고 빠른 길은 자동차가 우선이었다. 인도는 아주 작고 기능적으로도 소외돼 있다. 자동차에게 빼앗겼던 도로의 중심을 달리면서 도시를 인간의 눈높이와 호흡으로 바라볼 수 있었다. 마라톤은 다름 아닌 시민을 위한 축제였다. 수십 킬로미터에 이르는 도로를 통제하고 단 하루만큼은 시민이 주인공이 될 수 있도록 배려했다.

또한 골드코스트는 내가 가본 곳 중 가장 아름다운 해양 도시였다. 바다를 사랑하는 마음이 담긴 건축물과 공원이 있고 어딜 가든 바다에서 밀려온 공기가 파도처럼 드나들었다. 42.195킬로미터 코스 내내 서퍼스 파라다이스Surfer's Paradise, 벌리 헤드Burleigh Heads로 이어지는 해변을 감상할 수 있으니 빌딩 사이를 달리는 도시 마라톤에 비하면 그 풍경은 비할 바 없이 훌륭할 것이다. 서핑이나 수영을 즐기는 마라토너라면 마라톤 이후의 계획은 아주 심플하다. 실제로 나는 골드코스트까지 서프보드를 가지고 왔고 마라톤이 끝나면 곧장 퀸즐랜드 주의 최남단인 쿨랑가타로 환상적인 서핑 포인트를 찾아 떠날 예정이었다.

마라톤 전날 브리즈번 국제공항에 도착했다. 차가운 새벽 공기가 공항 내부까지 전해졌다. 도착 시각은 새벽 5시 30분이었다. 다음 날 마라톤 출발 시각이 6시 15분이니 대회 당일의 체감온도를 짐작할 수 있었다. 서늘한 공기가 호흡과 근육을 깨우는 듯했다. 첫날은 골드코스트 마라톤 엑스포에 들러 기록용 칩이 내장된 배번호를 받고 팀탐 같은 호주 과자를 먹으며 탄수화물을 몸에 충분히 저장했다. 또한 이곳에서 요리사로 일하고 있는 임성배의 도움을 받아 차로 골드코스트 마라톤 코스를 답사했다. 오랜 친구 임성배는 나의 달리기를 지지해주었고, 어디를 가든 이 도시에 대한 애정 어린 설명을 보탰다. 그것이 힘이 되었다.

마라톤 당일, 호텔 앞 교차로에는 트램을 타기 위해 가벼운 러닝 복장으로 종종걸음을 하는 러너들의 보습이 보였다. 골드코스트 시내에 있는 어느 호텔에 묵든지 트램 한 번이면 출발점인 사우스포트Southport로 갈 수 있었다. 더구나 골드코스트 마라톤 참가를 인증하면 주말 동안 트램 이용이 무료였다. 대회 당일에는 해변과 인접한 도로가 통제되고 인근의 주차장도 만차이기 때문에 트램 이용이 가장 현실적인 선택이었다. 그날의 아침 기온은 정확히 10도였다. 호텔 밖의 첫 공기는 약간 서늘했지만 가볍게 달리는 것만으로 체온이 오르고 몸이 풀렸다.

골드코스트 마라톤이 시작되는 사우스포트의 공원에는 도로를 통제하는 교통경찰과 마라톤대회 관계자, 러너로 붐볐다. 아직 캄캄한 새벽이었다. 공원의 분위기는 여느 마라톤대회에 비하면 자유로웠다. 선수 등록이나 필요한 물품은 전날 엑스포에서 모두 준비했기 때문에 당일에는 특별히 할 일이 없었다. 공원에는 반려견을 데리고 온 주자의 가족들도 보였다. 나와 일행은 공원 한편의 카페에서 따뜻한 커피를 마시는 여유도 부리면서 시간을 보냈다. 출발 시각이 가까워오자 바다의 하늘이 밝아졌다. 주자들은 무언가에 이끌리듯 출발선으로 향했다.

나는 3시간 30분 그룹에 서 있었다. 그곳에 서 있긴 했지만 3시간 30분이 목표는 아니었다. 3시간 30분으로 달리려면 1킬로미터를 4분 50초대로 달려야 한다. 그렇게 빠른 페이스로는 20킬로미터를 달려본 것이 고작이었다. 다만 할 수 있는 데까지 그 흐름을 타보고 싶었다. 마라톤이란 혼자서 달리는 것이 아니었다. 그것은 물의 흐름이나 철새의 이동처럼 서로를 끌어당기며 나아간다. 옆에서 함께 달리는 수백 명의 러너들과 나 자신을 믿어보기로 한 것이다. 곧이어 출발을 알리는 피리 소리가 울리고 이만여 명의 주자들이 사우스포트를 빠져나와 서퍼스 파라다이스 해변으로 달려나가기 시작했다. 바다에서 떠오른 골드코스트의 금빛 햇살이 길을 밝혔다.

주자들은 가장 먼저 서퍼스 파라다이스의 해변을 달렸다. 골드코스트 사람들은 해변에서 산책하거나 독서를 하는 일과를 너무나 중요하게 여겨서 이 근처의 집값이 많이 올랐다고 한다. '저 집에서 살면 아침마다 문 앞에서 서핑할 수 있겠군' 하는 생각을 하며 달렸다. 유심히 보니 골드코스트의 많은 아파트가 성의 요새처럼 둥근 형태이고 곡선의 외벽을 따라 테라스와 창문이 설치되어 있었다. 임성배의 말로는 골드코스트 사람들이 바다를 너무나도 사랑한 나머지 조금이라도 바다가 보이도록 집을 설계하다보니 이런 구조가 되었다고 한다.

생각보다 이 도시는 훨씬 더 바다와 달리기를 사랑하는 것 같았다. 해변은 완만하고 공원마다 물을 마실 개수대가 있다. 너무 더울 땐 서퍼들을 위한 간이 샤워기를 사용해도 좋을 것 같았다. 뜨거워진 몸으로 바다에 뛰어 들어간다고 나무랄 사람도 없었다. 이런 골드코스트 마라톤은 매년 이삼만 명의 러너가 참가하며 사십 년이 넘는 역사를 이어오고 있다고 한다. 마라톤대회는 달리기를 사랑하는 도시가 아니고선 만들 수 없다. 그것은 누구보다도 소중한 손님을 맞이하는 일과 같다. 한 해중 가장 날씨가 좋은 때를 기다려 러너를 위해 도로를 통제하고 편의시설을 제공하며 시민 모두가 응원을 보내는 것이다.

특히 첫 번째 반환점이 있는 16킬로미터 지점의 벌리헤드에는 많은 시민들이 나와 있었다. 벌리 헤드는 나무의 옹이처럼 바다 쪽으로 툭 튀어나온 아름다운 언덕을 가지고 있다. 언덕 바로 아래로는 둥근 파도가 왼쪽부터 오른쪽으로 부서져 내리는 서핑 포인트가 있다. 언제부터인가 여기저기서 서퍼들이 이 동네를 많이 찾기 시작한 뒤로 현재는 골드코스트에서 가장 힙한 동네가 되었다고 한다. 언덕에 마련된 서프보드 모양의 벤치에 앉아서 바라보는 일몰이 무척 아름다웠다.

레이스는 출발점인 사우스포트에서 남쪽으로 벌리 헤드까지 16킬로미터를 달린 뒤, 다시 북쪽으로 약

20킬로미터를 되돌아 올라간다. 바다에서 막 떠올랐던 해는 이제 해변의 나무만큼 높았다. 엷은 햇볕은 굳어 있던 피부를 살짝 녹일 만큼 따뜻하고 그 위로 시원한 바닷바람이 불었다. 30킬로미터를 넘어서자 출발점이 었던 사우스포트를 지나 네랑강과 바다가 만나는 브로드워터에 다다랐다. 골드코스트 북쪽은 긴 섬들이 파도를 막아주기 때문에 물살이 거의 없고 호수처럼 잔잔하다. 삼삼오오 정박되어 있는 요트가 가장 먼저 눈에 들어왔다. 이 구간은 세일링을 준비하거나 낚시채를 물에 띄운 고요한 풍경이다.

이쯤 해서 나의 페이스를 되돌아볼 필요가 있다. 앞에서 밝혔듯이 나는 출발선에서 3시간 30분 페이스의 주자들과 함께 서 있었다. 목표대로 결승선에 들어오려면 적어도 4분 59초의 페이스로 달려야 했는데, 벌리 헤드의 반환점을 지나 골드코스트 북쪽의 두 번째 반환점인 런어웨이 베이에 가까워질 때까지 나의 페이스는 4분 50초대를 유지하고 있었다. 이미 35킬로미터 이상 달려온 시점이었다. 솔직히 너무나도 힘들었다. 다리에 힘이 들어가지 않고, 복부가 아파왔고, 호흡은 거칠었다. 완주를 위해서라면 페이스를 낮추고 천천히 달려야 했다. 하지만 그렇게 하지 않았다. 1킬로미터씩, 최선을 다해 달리기로 했다. 중간에 멈추더라도 말이다. 완주가 아닌 한계에 가보고 싶었기 때문이다.

그 뒤로는 1킬로미터씩 달렸다. 단 1킬로미터가 남았다는 생각으로 한 걸음 한 걸음 전력을 다했다. 스마트 워치가 250미터마다 나의 페이스를 음성으로 알려주고 있었지만 결승점에 가까워질수록 그 소리가 들리지 않았다. 시민들의 응원 소리가 점점 더 커졌기 때문이다. 그때부터 페이스는 오직 호흡을 통해 느낄 수 있었다. 그리고 옆의 주자와 함께 달리며 속도를 유지했다. 결과적으로 나는 3시간 28분 36초의 기록으로 결승점을 통과했다. 평소의 기량에 비하면 무척 좋은 기록이었다.

레이스를 모두 마친 뒤 내가 어떻게 기대하지도 못했던 기록을 낼 수 있었는지 복기했다. 그날의 컨디션이나 훈련만으로는 설명이 부족했다. 다만 나는 나의 잠재력을 믿었다. 더 빨리 달릴 수 있다는 믿음, 그리고 한계 너머에 또 다른 내가 있을 거라는 확신이 있었다. 몸과 마음이 움직이는 대로 레이스를 한 것이다. 기록을 떠나서 모든 걸 쏟아부을 수 있었다는 점이 좋았다.

물론 골드코스트의 해변을 따르는 아름다운 코스와 환상적인 날씨가 아니었다면 그런 용기는 낼 수 없었을지 모른다. 달리기를 사랑하는 사람이라면 골드코스트를 기억하길 바란다. 이 도시는 러너를 맞이힐 준비가 되어 있고, 시민들은 마라톤을 여는 도시에 살고 있음을 자랑스러워한다. 그러니 골드코스트 마라톤이 열리는 7월만큼은 이곳을 이렇게 부르고 싶다. 러너스 파라다이스!

할 수 있는 한 가장 천천히

운동을 좋아하다보니 몸을 자주 다친다. 크고 작은 상처를 달고 다닌다. 운동은 매운 음식처럼 중독성이 있지만 너무 무리하면 탈이 난다. 얼마 전에는 클라이밍을 하다가 어깨를 다쳤다. 몸을 충분히 풀지 않고 어려운 문제를 반복해서 시도한 탓이었다. 아침에 일어나보니 팔을 들어올리기도 힘들었다. 아쿠아슬론 대회를 2주 정도 앞두었을 때였다. 아무것도 할 수 없었고, 우울한 기분이었다. 아내는 대회 출전을 만류했다. 무리라는 건 알았지만 포기하고 싶지 않았다. 오랜만의 대회였고, 나에게 주어진 레이스를 끝마치고 싶었다. 당연히 준비는 부족했다. 어깨 부상이 아니었다면 좀 더 완벽한 레이스를 펼칠 수 있었을 것이다.

클라이밍을 한 달간 쉬어야 했다. 클라이밍을 시작한 이후 처음으로 겪게 된 부상이었다. 홀드를 잡고 당기면 어깨에 전류가 흐르는 것처럼 아팠다. 암장에 연락해서 회원권 이용을 잠시 유예하기로 했다. 나처럼 부상을 입고 몇 주 동안 쉬는 클라이머가 처음은 아닌 듯했다. 어깨가 아프니 서핑도 제대로 할 수 없었다. 가장 좋아하는 취미 생활을 당분간 하지 말아야 했다. 한 달 반이 지나자 어깨 통증은 많이 사그라졌지만 부상 이전의 몸으로 돌아가는 데는 더 많은 시간과 노력이 필요했다. 산에서 길을 잘못 들었을 때처럼 불안했고 쉽게 지쳤다. 후회됐다. 부상을 되짚어볼 필요가 있었다. 부상을 복기해보니 단순하지 않았다. 부상은 어떠한 삶의 태도와 연결돼 있었다. 그것은 운전 습관처럼, 한순간의 실수가 아니라 삶의 속도, 삶의 온도와 관련돼 있는 것이었다. 오랜 친구와 대화하면서 그 생각은 좀 더 분명해졌다.

그림과 설치 작업을 하는 아티스트 노보와는 십여 년 전 취재를 통해 친분이 생겼다. 그는 크고 작은 마라톤대회에 백 번도 넘게 출전할 정도로 달리기에 푹 빠져 있었다. 도쿄마라톤에서 그와 함께 달렸다. 빠르고 강했다. 노보는 내가 아는 가장 성실한 러너이기도 했다. 그는 매일 아침 달렸다. 그러나 불행히도 허리 부상을 겪고 나서 일 년간 운동을 쉬어야 했다. 나 또한 어깨를 다쳤던 시점에 그를 만났다. 그는 이제 많이 나아져서 다시 달리기를 시작했다. 노보가 자신의 부상에 대해 말했다.

"매일, 매주 빠르게 달릴 때는 나의 예술 작업도 달리기 속도와 비슷했어. 빠르고, 자극적이고, 강렬한 것들을 원했지. 그런데 점점 내 안에서 좀 더 차분하고 정적인 걸 표현하고 싶어 했던 것 같아. 그러다보니 빠른 달리기는 균형이 맞질 않았어. 그런데 몸은 편안하게 호흡하길 원하고 있던 것 같아. 그 과정에서 부상도 있었고. 지금은 천천히 달리면서 작업에 대한 만족도도 훨씬 높아졌지."

그는 부상에서 회복하는 과정을 통해 달리기와 삶의

속도가 연결돼 있다는 걸 깨달았다. 천천히 달리면서 진정한 달리기의 의미를 알게 된 것이다. 노보와 대화하면서 나를 찾아왔던 부상과 불안함에 대해서 진지하게 생각해보게 됐다. 대화는 낚싯줄처럼 무의식의 세계를 유영하다가 내게 필요한 지혜를 낚아 올려주기도 한다.

만일 누군가 부상을 입었다면 부상을 입게 된 순간이 아니라 삶 전체를 돌아봐야 한다. 자신을 돌이켜보지 않는 한 부상은 계속해서 찾아올 것이다. 육체의 부상뿐만이 아니다. 문밖의 활동이 언제나 정신적인 치유를 가져다주는 건 아니었다. 오히려 그 반대일 때도 있다. 난 서평을 하면서 정신적으로 힘든 순간을 경험했다. 가장 좋아하는 서평을 하는데 집중이 되지 않고 마음이 불안했다. 세상엔 완벽하지 않은 서평도 있다. 함께 일하는 후배에게 이 얘길 털어놓았다.

"머릿속이 복잡한 채로 서평을 갈 때가 있어. 해야 할 일도 남았고, 인간관계에서 생긴 풀지 못한 문제도 있고, 한 달에 계획해둔 생활비도 이미 넘쳤는데 어떤 의

무감 때문에 새벽 서핑을 가는 거야. 그럴 땐 솔직히 서핑이 즐겁지만은 않거든. 그보다는 조용히 집에서 생각을 정리하는 편이 나을 것 같아."

때때로 서핑은 마음속의 공허함을 채워줄 것 같지만, 잠시 일상을 잊게 하는 데 불과할 때도 있다. 불편한 의자에 앉아 음악을 듣는 것 같았다. 문제가 있을 땐 현실로 돌아와 문제의 본질과 대면해야 한다. 바다가 그것을 해결해주진 않는다. 일상 속에서의 내가 편안할 때 서핑도 클라이밍도 달리기도 완전해질 수 있을 것이다.

얼마 전에는 할 수 있는 한 가장 천천히 달렸다. 5킬로미터를 뛰는 데 1시간이 걸렸으니까 느리게 달렸다기보다는 빨리 걸었다고 할 수 있을 것이다. 베개 위에 올라선 듯 몸이 가볍고, 적당한 온기를 가진 차를 마시듯 호흡이 편했으며, 아무런 약속이 없는 주말처럼 마음이 자유로웠다. 서핑도 달리기도 그러한 마음가짐으로 하고 싶다. 파도를 기다리는 시간을 느긋하게 즐기고, 주변의 러너들을 존중하고, 그저 흐름에 몸을 맡기는 것. 그 시간들이 쌓여 나의 부상도 치유될 것이다.

4부

문밖에서는 친구가 필요하다

인생의 맛

"엄마가 어릴 때는 얼음 대신 계곡물에 소면을 식혀서 김칫국물과 사카린만 넣은 비빔국수를 만들어 먹었다고 한다. 오늘은 수입코너에서 사 온 파인애플 식초를 넣고, 열무김치를 올리고, 깨소금도 잔뜩 뿌렸다. 그러나 이제, 계곡물을 떠오던 아이의 투명한 마음과 사카린 봉투에 모여든 식구들의 따뜻한 허기와 여름밤을 뒤흔드는 풀벌레 소리는 없다. 그것들을 대신할 수 있는 건 이 세상에 없어서, 국수를 비비는 엄마 손에 자꾸 힘이 들어가는 것이다."

예전에 사용하던 스마트폰을 다시 보니 이런 메모가 있었다. 나는 때때로 엄마의 말과 행동을 유심히 관찰해 두었다가 메모하는 습관이 있다. 그중에는 유독 음식에 대한 내용이 많다. 문밖의 활동은 아니지만, 무언가를 먹고 마시는 행위는 문밖을 나서기 전의 기도와 같다. 또는 한 끼의 밥상이 여행의 기억을 대신하기에 음식에 대한 기록을 밈출 수 없다.

전남 영광에서 태어나 유년 시절을 보낸 엄마는 무슨 음식이든 손이 크고 맛깔스럽게 했다. 몇 해 전에는 '착한 식당'이라고 쓴 간판을 내걸고 조그만 밥집을 차렸다. 엄마는 장사를 하던 분이 아니라서 음식으로 이윤을 남기는 데는 어수룩했지만 가족을 먹이기 위해 만든 밥과 반찬처럼 솔직한 음식을 차려냈다.

미용실과 족발집 사이, 주택가에서 시장으로 이어지는 골목에 자리 잡은 우리 식당에는 인테리어 가게 사장님 내외, 네일숍 춘희 누나, 야채가게 광준이 형이 매일 백반을 먹으러 왔다. 새로 들어서는 복합상가 인부들은 다달이 식권을 끊었고 세차장 김씨 아저씨는 결국 외상을 갚지 못한 채 동네를 떠났다. 그래도 누구에게나 밥상은 평등했다. 넉넉한 양과 신선한 재료는 식당의 자랑이었다. 엄마는 매일 채소의 상태를 보고 다음 날 무엇을 만들지 결정했다. 시들고 힘이 없는 채소는 버리거나 듬뿍 볶아서 덤으로 주었다.

가끔 춘희 누나가 메뉴에도 없는 칼국수를 해달라고 조르면 밀가루 반죽이 책장을 후루룩 넘기듯 국수로 잘려나왔다. 춘희 누나가 시집의 첫 장을 펼치는 표정으로 호로록 칼국수를 먹을 때 얼굴에 만족스러운 미소가 피어났다. 누나는 좋은 문장을 읽은 것처럼 맛을 오래 음미했다. 때로는 중국집 사장이 이끄는 동네 아주머니들의 계모임과 시의원 선거 운동원의 휴식처가 된 식당에서 무성한 소문이 피어나고 사라졌다. 식당은 마을과 시장에서 일어난 사건을 정리하고 해소하는 데 큰 역할도 했다. 사람들은 어머니가 끓인 국과 나물 반찬을 씹으며 화해했다. 그리고 한나절 동안 생긴 일들과 남은 하루에 대해 생각했다. 그사이 그릇이 깨끗이 비워졌다. 저녁이 되면 삼삼오오 성에가 가득 낀 유리문을 열고 들어와 소주를 마셨다.

나이와 성별을 가리지 않고 가장 인기 있는 안주는 닭볶음탕이었다. 맛의 비결은 그저 건강한 닭과 감자, 양파, 마늘 따위를 넣고 오래 끓이는 것이다. 엄마는 조금 기다려야 해도 오래 끓이는 방법을 어느 음식에나 고집했다. 그렇게 팔팔 끓여내야만 재료들의 맛이 서로 융화한다고 믿었다. 엄마는 음식에 꾀부리길 싫어했다. 비록 건강 때문에 식당을 내놓게 되었지만 지금도 시장에서는 엄마의 손맛이 회자된다.

엄마의 손맛은 곧 나의 입맛이었다. 스물세 살, 군에 입대하기 전 혼자서 엄마의 고향인 전라도를 보름 넘게 여행한 적이 있다. 그때 나는 찜질방과 피시방에서 새우잠을 자고, 커다란 식빵 하나로 이틀을 먹을 만큼 경비가 궁했다. 식당에 들어간 것은 다섯 손가락 안에 꼽을 정도였다. 그마저도 엄마가 순천에 가면 아무 데고 백반집에 들어가 꼭 한 끼를 먹어보라고 했기에 기차역 앞

식당에서 백반과 유자 동동주를 먹은 것이다. 기름진 흰 쌀밥 주변으로 꼬막무침과 가자미구이와 산나물과 도토리묵이 호위하듯 나왔다. 순천의 백반은 살찐 논밭처럼 여요하고 부지런한 바다처럼 끈기가 있었다. 한 끼 밥상을 한 톨도 남기지 않고 먹으니 여행을 이어갈 힘이 생겼다. 음식을 완성하는 건 음식에 감사하는 마음이다.

그리고 순천만과 낙안읍성을 여행하는 사이, 투어버스를 같이 탄 할아버지에게 매운 코다리찜과 소주 서너 병도 얻어먹었다. 그 투어버스는 운임만 내면 관광지 입장료가 무료여서 여행 경비가 궁한 젊은 청년들이 대부분이었다. 할아버지는 돈을 아끼기 위해서라기보다 편의상 이 버스를 택한 것 같았다. 어쨌든 나로서는 이 여행 중 가장 많은 식당을 들른 곳이 (단 두 번뿐이었지만) 바로 순천인 셈이다. 또 코다리찜은 나의 궁핍한 주머니 사정으로는 상상할 수 없는 고급 음식이었다. 할아버지는 코다리찜이 나오길 기다리며 중국 지도를 식당 바닥에 펼쳐 보이고 자신이 지나온 곳들을 손가락으로 짚었다.

티베트에서 샀다는 해골무늬 목걸이와 투박해 보이는 은반지도 자랑했다. 헤어질 때쯤에는 자신의 별명이 '입질'일 정도로 낚시를 잘해 충청도 어딘가에 어죽집을 차렸다고 알려줬다. 군대에 다녀오거든 꼭 와보라는 것이었다. 그로부터 십여 년이 지난 어느 날, 을지로3가의 노가리집들을 지나 좁은 골목에 쪼그려 앉은 듯한 식당에서 이제는 내 돈을 내고 매운 코다리찜을 먹었다. 미원 상표가 버젓이 붙은 젓가락 통이 올려져 있는, 서너 테이블이 겨우 배치될 정도로 비좁은 식당. 코다리찜을 먹다보니 순천에서의 짧은 인연이 떠올랐다.

집으로 돌아와 기억을 되살리기 위해 노력했다. 그리고 마침내 인터넷 검색을 통해 충남 예산에 위치한 '입질네 어죽'이라는 식당을 찾았고 서산에 있던 볼일을 앞당겨 그곳에 가보았다. 추억 속 할아버지의 식당이라는 근거는 어디에도 없었으나 왠지 나의 예상이 맞을 것 같았다. 오래 근무했음직한 식당 아주머니께 할아버지의 인상착의와 오래전 내게 보여주었던 물건들을 말하니 전 주인이 맞지만 오 년 전 돌아가셨다고 했다. 인연을 소중히 여겼던 할아버지가 그날 계셨다면 무척 좋아했을 거라는 말도 덧붙였다. 비록 할아버지를 다시 볼 수는 없었지만 식당에 걸린 이국적인 장식품들을 보니 왠지 반가운 마음이 들었다. 할아버지는 식당의 음식과 자신이 아꼈던 물건을 통해 여전히 누군가의 기억 속에 살아 계셨다.

순천에서의 코다리찜에 이어, 입대 전 떠난 그 여행에서 음식에 대한 추억이 한 가지 더 있다. 바로 전남 영광에서 홀로 지내던 둘째 외삼촌과 먹은 돼지고기다. 외할머니와 함께 살던 삼촌은 할머니가 돌아가시고 자식들이 상경한 뒤 혼자 남아 그 집을 지켰다. 방학이 되면 외할머니 댁에 놀러 가길 좋아했던 나는 입대하기 전 인사를 드리러 영광터미널에서 돼지고기 만 원어치와 소주 두어 병을 사서 마을버스에 올랐다.

어디에 가느냐고 물어보는 어르신들에게 삼촌 이름을 말하니 내려야 할 정거장을 알려줄 정도로 몇 가구 남지 않은 조그만 촌락이었다. 삼촌과 스쿠터를 타고 절 구경을 다녀온 뒤엔 집이 너무나 추워 점퍼를 벗지도 않은 채로 밥상을 차렸다. 돼지고기의 반은 굽고 반은 김 치찌개를 끓여 소주와 먹었다. 시골 정육점에서 큼직하 게 썰어낸 고기는 껍질이 야무지게 붙어 있어 씹는 맛이 남달랐고 그저 굵은 소금만 찍어 먹어도 육즙이 달게 느 껴졌다.

다만 삼촌은 이가 아파서 찌개 국물을 더 좋아했다. 그렇게 하루를 보낸 뒤 같은 버스를 타고 한산한 논밭 과 어머니가 다니던 초등학교를 지나 마을을 빠져나왔 다. 그날 밤 마을에는 유래 없는 폭설이 내렸다고 했다. 하루라도 더 머물렀다면 며칠 동안 오도 가도 못했을 거 라고 삼촌이 전화기 너머로 웃으며 말했다. 휴가를 나오 면 다시 찾아가기로 약속을 하고 입대해 훈련을 받던 중 부고를 들었다. 삼촌은 그해 겨울이 지나기도 전 지병이 악화되는 바람에 인천의 큰 병원으로 이송되었다가 돌 아가셨다. 눈을 감기 전까지도 감나무와 우물과 외양간 이 있던 시골집을 그리워하셨다고 했다. 어쩌면 폭설 속 에 고립돼 삼촌과 며칠을 더 보낼 수 있었다면 지금 느 끼는 허전함이 덜했을지 모른다.

나는 삼촌 덕에 돼지고기를 소금에 찍어 먹는 맛을 알게 되었다. 그리고 언제든 돼지고기의 맛 속에서 우리가 함께 나눴던 상쾌한 밤공기와 두터운 정도 느낄 수 있다. 생선살 한 조각도 보이지 않지만 진한 민물고기의 풍미를 전하는 어죽과 씹을수록 깊어지는 동물의 살처럼 오랜 시간이 지나야 되살아나는 인생의 맛. 세상의 모든 일들은 음식처럼 씹어봐야 아는 것이다.

채송화가 필 때

5월이었다. 취향 좋은 여행자의 가방 속 물건이 궁금하듯 야영가와 서퍼들의 문 안쪽 삶이 알고 싶었다. 아침이면 실내인데도 거실에 캠핑용 의자와 테이블을 펼쳐놓고 커피를 내려 마시는 사람, 서핑과 클라이밍 장비로 한쪽 벽을 가득 채워놓는다든지 자전거 여행에서 구입한 이국적인 소품들로 자신의 방을 꾸민 사람들을 만났다. 그들은 주방에 놓인 작은 스툴에 앉아서도 자신만의 산과 바다를 키웠다.

창틀이나 식탁 위에 손바닥만 한 화분을 두고 꽃나무

를 가꾸는 사람들도 만났다. 사람들은 잎사귀에 앉았다가는 볕 한 줌에 위안을 얻고 살아갔다. 그들과 대화를 하다보니 얼핏 들었던 엄마의 채송화 씨앗 이야기가 떠올랐다. 1층 집 마당을 지나 우리 집으로 오르는 계단 끝 항아리 위에는 두 팔로 껴안으면 꽉 찰 만한 크기의 주홍색 화분이 있다. 이맘때면 눈썹처럼 여러 갈래로 돋아나는 작은 새싹이 옹기종기 움트고 6월이면 자주색, 노란색, 붉은색 꽃이 얼굴을 든다. 엄마가 가장 좋아하는 채송화다. 엄마에게 이 채송화 화분에 대해 물은 적이 있는데, 그 이야기 속에 할머니가 있었다.

채송화 이야기를 다시 듣기 위해 엄마를 창가 가까이 앉혔다. 나는 질문을 하고 엄마는 대답을 했다. 때로는 엄마가 질문을 하고 내가 대답을 했다. 나의 질문에 내가 대답을 대신한 적도 있다. 엄마와 나의 삶이 적어도 한 챕터 정도는 겹쳐 있기 때문이다. 엄마와 나는 오래전 떠나온 동네를 찾듯, 허름한 문을 두드리듯, 벨을 누르듯, 기억을 되짚어 그곳으로 갔다.

내가 어릴 때 대문과 현관문 사이에 텃밭이 있었다. 화창한 봄날엔 햇살이 오래 머물다 가는 마당. 엄마는 여기에 상추나 고추 모종보다는 알록달록 화사한 꽃을 가꾸길 좋아했다. 학창 시절 신작로에 피어 있던 맨드라미와 봉선화가 어느 날 우리 집 화단에서 피어나면 엄마는 유년의 사진첩을 들여다보는 마음이 됐다고 한다. 그중에도 가장 아끼는 꽃은 채송화였다. 부지런히 돈을 모아 서울에 집을 마련하던 날, 시골에서 올라오신 할머니가 주고 간 꽃씨를 심은 것이었다.

이 과정에는 웃지 못할 사연이 있다. 할머니는 전남 영광의 고향 집 마당에 예쁘게 핀 채송화의 씨앗을 받아놓고는 딸에게 전해주겠다고 약속을 했다. 그러나 생전 눈이 어두웠던 할머니는 깜박하고 상추씨를 가져왔다. 영문을 알 리 없는 엄마는 할머니가 건네준 상추씨가 채송화인 줄 알고 심었지만 한참 후에야 상추인 걸 깨닫고 전화로 심통을 냈다고 한다. 할머니는 미안하다는 말을 반복하셨고. 어찌된 일인지 할머니는 그다음 해마저 상추씨를 가져오셨고 채송화 씨앗을 받아둔 지 삼 년째가 되어서야 마침내 온전한 채송화 씨앗을 가져다주셨다고 한다. 할머니는 딸에게 그 씨앗을 꼭 가져다주고 싶었던 것 같다.

이듬해 여름 채송화가 발아해 딱 한 번 꽃을 피우고 겨우내 그 종자가 땅속에서 동면할 때, 할머니도 흙으로 돌아가셨다. 엄마는 이사와 이사를 거듭해 세간을 줄여나간 지금의 집에서도 할머니가 주고 간 그 채송화 씨앗의 유전자를 간직한 화분만은 버리지 않는다. 작지만 소중했던 마당에서 계단 옆 조그만 화분으로 면적은 줄어들었지만 말이다. 물론 엄마에게 화분의 크기 따위 중요하지 않을 것이다. 한 송이의 채송화로도 할머니를 떠올릴 수 있기 때문이다.

엄마와의 대화를 통해 문 안쪽의 의미를 다시 살핀다. 공간과 물건에 무엇을 담아야 할지를 생각한다. 흙만 담겨 있는 화분도, 실은 지난해 한해살이 꽃이 피고 지며 종자를 흘려놓은 소중한 생명의 터전이라는 사실조차 새롭게 깨닫게 된다. 나도 언젠가 조그만 화분에 옮겨

심어둔 채송화의 개화를 기다리며 엄마를 떠올릴 때가 올지도 모른다. 그래도 시간과 공간을 초월해 할머니와 엄마가, 엄마와 내가 저 채송화 한 송이로 만날 수 있다는 게 얼마나 다행인 일인지.

신의 카누 아래에서

아내와 나는 『고아웃』 잡지를 만들면서 에디터와 편집 디자이너로 만났다. 회사는 『고아웃』 외에도 『데이즈드』 『블링』 『밀크』 『타임아웃』 등 패션과 트렌디한 문화를 다루는 잡지를 만들었다. 나는 고상한 취미를 가진 에디터들 사이에서 괴짜로 여겨졌다. 미술관에 붙은 록밴드 포스터 같았다. 턱을 조금 덮을 정도로 어설프게 긴 머리를 기르고 있었고 사슴, 닭, 상어, 곰 따위의 문신을 왼쪽 팔에 채워나갔다. 재를 뒤집어쓴 것처럼 피부는 까맸다. 책상에는 올이 뜯긴 배낭과 야영 장비가 탄내를

풍기며 놓여 있었다. 취재를 이유로 대부분의 날을 집 밖에서 보냈다. 아주 작은 텐트를 지참하거나, 그마저도 귀찮으면 이슬을 피할 얇은 천만 치고 바닥에서 밤을 보냈다.

산에서 돌아오면 얼마 되지 않아 짐을 싸서 바다로 갔다. 사진과 글을 아내에게 가져가면, 아내는 그럴듯한 한 페이지의 칼럼으로 만들어줬다. 아내는 윤기가 흐르는 단발머리에 흰 피부를 가지고 있었다. 겨울에 입은 흰색 앙고라모 스웨터가 잘 어울린다고 생각했다. 첫인상은 지금 막 겨울의 냉기를 달고 들어온 사람처럼 조금 차가웠다. 그의 표정과 말투에는 냉소적인 데가 있었다. 디자인이 뭔가 마음에 들지 않아도 쉽게 수정을 요청하기 어려웠다. 그는 네 살 연상의 선배이기도 했다. 그래도 용기를 내어 교정지를 가지고 가면 새침한 표정으로 디자인을 고쳐줬다.

회사는 이태원의 중심에 있었다. 긴 마감을 끝내고 새벽하늘이 맑아질 때쯤 회사에서 나와 동료들과 근처 술집에서 회포를 풀었다. 이야기의 주제는 그달의 잡지에 관한 것이었다. 아내는 나의 글과 사진에 대해 궁금해했다. 지붕이 없는 곳에서 자는 게 이해가 되질 않는다고 했다. 외려 나는 주말의 대부분을 집에서 보낸다는 아내가 신기했다. 우린 서로의 다른 점에 더 쉽게 끌렸다. 그리고 삼 년 동안 연애를 했다. 연애할 때도 나는 전파가 끊긴 곳에 자주 있었다. 연락이 안 된다는 이유로 가끔 말다툼이 있었지만 아내는 이내 그러려니 했다.

우리의 공통점은 반려동물이었다. 나는 여덟 살짜리 천방지축 강아지를 키우고 있었다. 아내는 덩치가 큰 일곱 살 고양이를 키웠다. 나의 데이빗과 아내의 루는 이제 각각 열세 살, 열두 살이 되었다. 둘은 노부부처럼 조용히 지낸다. 얼마 전에는 길에서 구조한 노란 고양이 한 마리가 더 늘었다. 건강하게 자라길 바라는 마음으로 '포스'라는 이름을 지어줬다.

우리는 둘 다 여행을 좋아했다. 고맙게도 아내는 나의 여행 방식을 존중해주었다. 그것은 서핑을 위한 여행이었다. 우리는 발리, 하와이, 호주로 여행을 떠나면서 항상 서프보드를 챙겼다. 6피트의 서프보드를 들고 여행을 하는 것은 번거롭다. 문짝 하나를 가지고 다니는 격이다. 아내는 처음엔 눈살을 찌푸렸지만 그것이 내가 여행에 가져가는 거의 유일한 물건이라는 걸 알고 수긍했다. 실제로 그랬다. 서프보드를 제외하면 보드쇼츠와 티셔츠 몇 장만을 가방에 넣었다. 내가 새벽에 일어나 서핑을 하고 돌아오면, 아내는 이제 막 아침을 먹고 외출을 준비했다. 일몰쯤 다시 한번 바다에 들어가기 전까지는 아내의 의견을 따라 미술관에도 가고 공원 산책도 했다.

아내와 함께한 여행 중 가장 특별한 기억은, 호주 브리즈번부터 시드니까지 1,500킬로미터를 밴에서 생활하며 서프 트립을 한 것이다. 무엇보다 아내의 용기가 필요했다. 아내는 몇 년 전까지만 해도 지붕 없는 곳에서 자는 걸 이해하지 못했던 사람이니까. 길이가 6미터쯤 되는 밴에는 화장실 겸 샤워실과 침대로 변형 가능한 접이식 소파가 있었다. 좁은 통로에는 서프보드를 실었다. 아내는 발리와 하와이에서 서핑 체험을 해보았지만 장기적인 취미로 이어지진 않았다. 머리카락이 물에 젖는 게 싫다고 했다. 나는 호주에서 시시때때로 서핑을 했다. 아내와 달리 나는 머리카락이 마를 틈이 없었다.

매일 200킬로미터를 운전하며 구글 맵에 저장해둔 서핑 포인트에 들러 파도를 즐겼다. 밴으로 돌아와 젖은 몸이 마르기도 전에 다음 서핑 포인트를 향해 떠났다. 운전석에는 항상 커다란 비치 타월이 깔려 있었다. 내가 서핑을 하는 동안 아내는 해변에 남아 일광욕을 하거나 밴에서 책을 읽거나 주변의 카페와 상점을 구경했다. 간혹 나는 아내의 시간 속으로 들어가고자 서프보드를 내려놓고 함께 책을 읽었다. 우리는 서로의 시간과 온도를 공유하면서 균형을 깨달았다.

브리즈번 바이런 베이의 유명한 등대 근처에 있는 '더 패스'The Pass 포인트는 꿈을 꾸고 있다는 기분이 들 만큼 멋진 해변이었다. 노란색과 갈색 사이의 수많은 색들이 절벽에 빚어져 있었다. 로컬 서퍼들이 수중 곤충들처럼 바위에 달라붙어 있다가 바위를 따라 솟아오르는 파도를 노련하게 잡아탔다. 나는 로컬 서퍼들의 라이딩에 방해가 되지 않도록 비켜주는 것이 최선이었다. 아내는 1시간 동안 내 서핑 사진을 찍기 위해 기다렸는데 단 한 번도 타지 못했다. 실패가 삶의 일부이듯이 파도를 기다리는 것도, 파도를 놓쳐버린 것도 서핑임을 안다.

가장 좋았던 야영지는 유레이거 국립공원에 있는 한 조그만 캠핑장이었다. 비포장길을 30분 넘게 운전해 들어갔다. 캠핑장에는 전기나 샤워 시설도 없었다. 바다가 바라보이는 약 5미터 높이의 절벽 위에 밴을 세우고 하루를 보냈다. 아내는 밴에서 내가 서핑하는 모습을 볼 수 있었고, 나도 바다에서 파도를 기다리며 아내의 모습을 확인했다. 우리는 서로의 세계를 그런 식으로 공유했다. 나는 차분한 아내 곁에서 안도했고, 아내는 자연에 빠져 있는 나를 보면서 조금씩 마음을 열었다. 사랑하는 사람의 성장을 지켜보는 일은 정말 즐겁다.

우리는 거의 매일 저녁, 화로에 양갈비와 채소를 굽고 와인을 곁들였다. 석양이 장작의 숯처럼 오래 남아 일렁였다. 숯이 모두 꺼지면 머리 위로 우주가 펼쳐졌다. 지금까지도 그렇게 많은 별을 본 적은 없다. 호주 사람들은 은하수를 가리켜 '신의 카누'라고 말했다. 수만 개의 별로 만들어진 카누였다. 호주 원주민들이 이 대륙을 발견했을 때 카누를 타고 왔고, 그 배가 호주 서핑의 시초라는 이야기를 은하수 아래에서 아내에게 해주었다. 우리는 신의 카누가 우주를 유영하는 것을 바라보며, 수천년 전 별을 따라 바다를 항해했을 사람들처럼 불확실한 미래를 기꺼이 그려나갔다. 때로는 보이지 않는 것들이 더 아름답다.

호주에 다녀온 뒤로 아내는 캠핑에 관심을 가졌다. 지금 나와 아내 그리고 이제 열세 살이 된 강아지 데이빗은 한 달에 한두 번 서핑과 캠핑을 위해 떠난다. 아내는 서핑을 하지 않지만 매년 나의 서프 트립에 함께해왔다. 아내는 이제 서퍼 못지않게 바다와 파도를 이해한다. 때때로 서핑을 하기 위해 문밖을 나설 때 아내는 내게 묻는다.

"오늘 파도는 좋아?"

나는 이 물음이 좋다. 그건 "잘 잤어요?"와 같은 서퍼들의 인사이기 때문이다.

우리가 가진 캠핑 장비는 모두 아내가 골랐다. 매사에 신중하고 꼼꼼한 성격 탓에 무엇 하나 제 쓰임을 다하지 않는 것이 없다. 둘 다 답답한 걸 싫어해서 높고 너른 티피 텐트를 구입했다. 랜턴을 걸어둔 기둥을 중심으로 양쪽에 두 개의 접이식 침대를 배치하고, 가운데는 작은 테이블과 의자를 세팅한다. 물론, 데이빗의 침대도 빼놓지 않는다.

숲과 바다에 지은 단출한 우리 집이 늘 마음에 든다. 이곳에서는 비울수록 완성되는 것이니까. 캠프 사이트를 다 설치하고 나면 우리는 호주를 여행하던 그날처럼 불을 피우고 그 불을 지켜보는 시간을 즐긴다. 가끔은 호주에서 만난 신의 카누가 우리의 머리 위를 스쳐 지나갈 때도 있다. 우리는 낮과 밤처럼 완전히 다른 온도를 지니고 살아왔지만 캠핑을 통해 낮과 밤을 모두 보내며 서로를 이해해나가고 있다. 가끔 누군가를 이해하려면 그의 세계에서 하루쯤은 지내봐야 한다. 우리는 그렇게 서로의 세계를 탐구하며 가족이 되었다.

어떻게든 될 거야

필름 카메라로 사진 찍기를 좋아했다. 필름 카메라는 공랭식 엔진을 단 올드카 같았다. 한 시대를 지나온 자의 기품이 느껴진다. 종이봉투를 옆구리에 끼고 사진관에서 나와 가장 먼저 한 일은 하늘을 향해 현상된 필름을 펼쳐 보는 것이었다. 필름에 여행의 기억처럼 흐릿한 상이 맺히면 안심이 됐다. 뭐든 나오긴 나왔구나. 그래도 붓통의 물을 끼얹져버린 수채화처럼 인물과 풍경을 제대로 담아낸 사진은 거의 없었다. 책상 서랍에는 인화지가 보내지 못한 편지처럼 쌓여갔다. 늘지 않는 사진 실력 때문에 필름 카메라에 대한 관심도 멀어졌다.

오키나와로 서핑을 떠나기 전날이었다. 이제 막 여행에서 돌아와 구겨진 옷매무새가 그대로인 친구를 만났다. 여행자들은 뚱뚱하다 못해 터질 듯한 트렁크처럼 포화 상태의 정보를 머릿속에 꾹꾹 눌러 담아 온다. 그가 맛있게 먹은 음식과 영감을 얻은 거리에 대해서 늘어놓고 있을 때 옆자리에 올려둔 카메라가 보였다. 거의 삼 년 만에 들고 나왔지만 막상 사용해보진 못했다고 했다. 나는 그걸 빌리기로 했다. 긴 시간 동안 카메라는 자신의 속을 보여준 적이 없었다. 한 줄기 빛도 허용하지 않도록 견고히 만들어진 가슴을 열고 필름을 끼웠다. 서너 번 프레임에 눈을 가져다 대본 뒤 나는 이 카메라에 완전히 매료되었다.

오키나와의 날씨는 힘이 세다. 태평양에서 시작해 우리나라와 일본으로 향하는 태풍은 대부분 오키나와를 관통한다. 이곳에는 '태풍 파티'라는 말도 생겼다. 태풍의 힘이 너무 강하면 휴교령이 떨어지는데 이때는 집에서 나올 수 없을 정도로 강한 비바람이 친다. 사람들은 이때 냉장고에 쌓아뒀던 고기와 채소로 요리를 하고 아껴두었던 오키나와 전통주 아와모리 술을 꺼내 밤새 먹고 마신다고 한다. 파도 위에 올라타듯 자연의 흐름을 받아들이는 것. 오키나와 사람들이 사는 방식이다. 오키나와에 함께 온 이원택과 나는 미군 관사로 보이는 아파트 놀이터에 작은 텐트를 치고 하루를 보냈다. 해변 근처의 캠핑장은 바람이 너무 강해 텐트가 부러질 지경이었기 때문이다. 오겹살 장조림 라후테이, 3분 커리, 낫토, 오리온 맥주로 허기를 채웠다. 그리고 내일을 생각했다.

"난쿠루 나이사(어떻게든 될 거야)."

오키나와에 와서 가장 먼저 배운 말이다.

이곳은 한겨울인 2월에도 평균기온이 17도를 웃돈다. 주로 온화한 날씨지만 비가 매우 자주 내린다. 우산을 쓰는 사람은 별로 없다. 비는 어차피 커피 한 잔, 담배 한 대를 즐기는 동안 그친다. 하늘이 시시각각 표정을 바꾸는 사이, 산호초로 이루어진 바다의 색깔도 수십 차례 변한다. 무지개처럼 경계를 알 수 없는 색깔을 가지고 있는 이 바다를 보고 오키나와 사람들은 스무 가지 색깔을 가졌다고 말한다. 파도는 해변에서 멀찍이 떨어진 산호에 부딪히며 흰 띠를 이루고 있다. 어떤 서핑 포인트는 1킬로미터도 넘게 패들링을 해 산호지대를 지나야 라인업에 닿을 수 있다고 한다.

우리는 오키나와 중서부에 위치한 요미탄 촌의 남쪽 해변인 토야 비치에서 서핑을 하기로 했다. 오키나와에서 유명한 서핑 포인트는 중서부 자탄초의 스나베 비치이지만 파도가 너무 높아 비교적 태풍의 여파가 미치지 않는 지역으로 온 것이다. 태풍의 영향인지 사방에서 부는 바람으로 파도는 이리저리 무너졌다. 열 명쯤 되는 십 대 무리가 치열하게 파도를 잡아타고 있었다. 방수 카메라를 가지고 들어가서 사진을 찍자 밝게 웃음을 지어 보인다. "카메라는 내려놓고 같이 파도나 타자!"라고 말하는 것 같다.

오키나와에서 서핑숍을 운영하는 코헤이는 일 년 내내 웨트슈트를 입지 않고 서핑을 한다고 했다. 공기가 쌀쌀한 날씨에도 수온만큼은 따뜻한 것이다. 토야 비치의 바닥은 산호는 아니지만 따개비들이 붙어 있어서 리프 슈즈를 신는 것이 안전했다. 리프 슈즈 없이도 서핑을 하는 로컬 서퍼들이 있는데 웬만해선 서프보드 위에서 내려오지 않고 몸부터 떨어져 내려 발이 땅에 닿지 않도록 조심하는 모습이다. 로컬리즘이 강한 서핑 문화이지만 라이딩에 방해를 받아도 웃으며 인사를 건네는 걸 보면 이방인에게 우호적인 오키나와 사람들의 성정이 드러난다.

서핑을 하지 않는다면 오키나와에서도 가장 남쪽 해변인 미바루 비치에서 조용히 시간을 보내도 좋을 거다. 이곳은 관광객들로 붐비지 않는다. 오랜만에 가도 변한 게 없는 초등학교 운동장처럼 시골 마을의 산책로이자 공원이자 해변으로서 존재한다. 코카콜라 로고가 새겨진 건물을 보고 시원한 음료 한잔을 기대하며 뛰어갔는데 오래전 문을 닫았다고 해 아쉬웠다. 생활의 흔적이 나루터나 할머니들이 모이는 벤치에 녹아들어 있을 뿐이다. 옥색의 바다와 산호 퇴적물이 해변을 이룬 미바루 비치는 바다가 코앞인 숙박시설에서 조그만 배로 투어를 진행하거나 바닥이 훤히 보이는 유리 보트를 대여해 준다. 때때로 낚시와 스노클링을 즐기는 연인들도 찾아볼 수 있다.

오키나와에서는 현지 편의점에서 구입한 일회용 방수 카메라를 포함해 대여섯 개의 필름을 사용했다. 여행을 마치고 돌아와 필름을 현상해보니 지금껏 찍었던 사진 중 가장 마음에 들었다. 실패한 사진이 거의 없었다. 이 사진들을 여행 잡지에 실은 적도 있다. 필름 카메라로 사진 찍기는 거의 십 년 만이었는데 말이다. 오키나와의 날씨와 풍경은 물론, 오키나와 사람 역시 필름 카메라로 담아내기에 적합했던 것 같다. 필름 카메라는 완벽한 사진이 아니라 뒤뜰의 햇볕처럼 작고 불완전한 것이기 때문이다.

오키나와 사람들은 전통과 자연을 존중하고, 기다림에 익숙하며, 보이는 그대로를 믿는다. 오키나와는 일본에 편입되기 전 류큐왕국이라는 독립된 국가였다. 힘이

센 주변국 사이에서 중계무역을 하던 이 조그만 섬나라는 메이지유신을 겪으면서 1879년 일본의 침략에 무너졌다. 일본 군인이 총칼로 무장하고 들어왔을 때 류큐인이 자신들을 방어할 수 있던 수단은 오직 가라테와 농기구뿐이었다고 한다.

어쩌면 그들의 무해함이 필름 카메라의 속성과 잘 맞아떨어진 것 같다. 섬이라는 단어에는 삶을 살아낸 자들의 기상이 있다. 그것은 고립돼 있으나 멀리 볼 수 있고, 작지만 멀리 갈 수 있다. 오키나와 사람들은 언제나 파도를 타고 춤을 춘다. 흥이 많기로 유명한 그들에겐 가차하시 문화가 있다. 잔치, 결혼식, 연회의 마지막에 다같이 일어나 춤을 추고 전통 민요를 부르는 것이다. 부디 오키나와의 식당에서 갑자기 사람들이 노래를 부르고 춤을 추기 시작한다고 당황하지 말길. 당신도 오키나와 사람이 되어가는 과정일 뿐이니까.

강의 길

사진 찍는 엄재백 선배는 출퇴근을 자전거로 했다. 볼이 홀쭉 들어갈 만큼 말랐지만 키가 컸고 잔근육이 도드라진 남자였다. 검은 피부에 핀 주근깨와 활짝 웃을 때 얼굴 전체에 생기는 얇고 긴 주름이 순박한 인상을 주었다. 『아웃도어』 잡지사에 입사한 첫 달부터 그와 출장을 다녔다. 선배에게 야영의 대부분을 배웠다. 일테면 언 땅에 팩 박기, 나무에 해먹 걸기, 석유 랜턴에 불 켜기 같은 것. 하루는 선배가 메신저로 뉴스 링크를 보냈다. 전국의 강줄기를 따라 자전거길이 생긴다는 내용이었다.

선배는 이제 곧 서울에서 부산까지 자전거로 갈 수 있다며 함께 가볼 생각이 있는지 물었다.

"전 자전거가 없는데요?"

"빌리면 되지!"

한강, 금강, 영산강, 낙동강을 따라가는 자전거 여행은 그렇게 시작됐다. 여행을 떠나기 전, 한 달 동안의 떠들썩한 준비 기간을 보냈다. 나는 구글 지도를 보면서 어디쯤에서 밥을 먹고 야영을 해야 할지 계획했다. 그리고 자전거에 실을 작고 가벼운 야영 장비들을 준비했다. 출발 날짜가 다가왔다.

남양주 미사대교에서 충주 탄금대까지, 약 135킬로미터 거리의 한강 자전거길을 떠나던 날은 코끝에 차가운 공기가 감도는 늦가을이었다. 우리 앞에는 우주만 한 미래가 있었다. 자전거길 개통에 대한 대대적인 홍보 덕분에 전국에서 자전거를 끌고 온 사람들로 팔당역 인근은 소란스러웠다. 강물만이 초연했다. 강의 입장에선 한반도 대운하니 뭐니 하는 정부 사업과 자전거길에 대한 관심으로 공연히 북새통이 된 것이 마뜩잖을지도 몰랐다. 높아진 제방 위로 이따금 지나가는 자전거 무리와 공사가 덜 끝난 구간의 굴삭기, 가을 햇볕에 검게 그을린 인부들이 그날의 소소한 풍경이었다.

우리는 흐르는 강물처럼 천천히 나아갔다. 한강 자전거길을 다녀온 뒤에는 금강 자전거길 110킬로미터를 달렸다. 곧이어 영산강을 따라 131킬로미터를 여행했고, 마지막으로 378킬로미터에 이르는 낙동강까지 완주했다. 한 달 동안 자전거를 타고 달린 거리는 750킬로미터가 넘었다. 끝없이 이어진 강을 따라가보니 강이 곧 길이라는 걸 깨달았다. 새의 길, 바람의 길, 안개의 길, 물고기의 길, 흙의 길. 모두 강을 통해 이동했다. 우리가 지나온 사람의 길이 만물의 길을 막은 것은 아닌지 미안한 마음도 생겼다. 실제로 제방 공사가 시작되면서 강 주변의 숲이 사라지고 수심이 얕아졌다는 주민들의 제보를 들었다. 자전거 여행이 쓸데없는 짓으로 느껴지기도 했다.

일 년도 채 되지 않은 신입 기자였을 때, 강은 나에게

옳고 그름, 거짓과 진실, 순리와 무리에 대해 생각하게 했다. 강에서 날아온 고운 흙이 얼굴을 타고 흐르는 땀과 뒤섞여 엉망이었다. 머릿속 같았다. 자전거만은 솔직했다. 평소 자전거를 타지 않다가 한 번에 무리하다보니 온몸의 근육이 뭉쳤다. 그러나 하루하루 허벅지 근육이 크고 단단해지는 걸 느꼈다. 첫날보다 이튿날이 더 편했고, 한강을 다녀온 뒤 금강을 달릴 때 더 강해져 있었다. 낙동강을 종주한 뒤에는 자전거 타기에 적합한 몸이 되어 있었다.

내가 빌린 자전거는 여행용 미니벨로였다. 하루에 수십 킬로미터를 달려야 하는 자전거 여행에 미니벨로를 선택한 것은 약간의 모험이었다. 미니벨로는 바퀴가 작아서 속도가 나지 않기 때문이다. 그러나 페달링이 가볍고 회전 반경이 좁다는 장점이 있다. 비포장길은 물론 도심의 좁은 길을 안전하고 여유롭게 빠져나갈 수 있다. 무엇보다 튼튼했다. 지도를 보며 이동하느라 차량 통행을 막는 표석과 충돌한 적도 있었고, 나무에 걸려 넘어진 적도 있었지만 사막의 험비처럼 끄떡없었다. 자전거 여행을 하는 동안 이 자전거와 정말 정이 많이 들었다.

자전거 여행을 떠나기 전, 가장 큰 고민은 많은 짐을 어떻게 효율적으로 운반할 것인지였다. 사진을 찍는 엄재백 선배는 앞뒤를 오가면서 나보다 더 많이 움직여야 했으므로 기동성을 위해 촬영 장비만을 지참했다. 야영에 필요한 모든 짐은 내가 운반했다. 특히 안동호부터 부산 을숙도까지 4박 5일 동안 달려야 하는 낙동강 종주 때는 짐이 더 늘었다. 패니어와 트레일러 사이에서 갈등하게 됐다.

패니어는 자전거 바퀴에 매달 수 있는 작고 가벼운 가방이다. 자전거 바퀴가 두 개니까, 양쪽에 두 개씩 모두 네 개나 매달 수 있다. 자전거로 통근하는 것이 일반적인 풍경인 독일에서는 패니어를 여행용으로만 쓰는 게 아니라 서류 가방이나 책가방처럼 일상에서도 사용한다. 패니어는 트레일러에 비해 저항이 덜하고 구동 부품이 없어서 고장의 위험도 낮은 편이다. 하지만 균형 잡기가 어렵고 타이어의 수명을 단축시킨다는 단점도 있다.

트레일러는 말 그대로 자전거와 연결해 짐을 싣는 수레다. 큰 짐을 실을 때 용이하다. 그러나 급제동이 어렵고 회전반경이 넓어질 수밖에 없다. 트레일러의 바퀴가 고장 나는 경우엔 낭패다. 언덕이 많고 비포장도로도 만나게 되는 우리나라의 자전거길에는 트레일러보다 패니어가 더 좋다고 생각했다. 나의 자전거에는 앞뒤로 네 개, 핸들바에 또 하나를 추가해 총 다섯 개의 패니어를 장착했다. 엄재백 선배는 "여행이 아니라 전지훈련 같다"며 나를 놀렸다.

요즘은 뭐든 작고 가벼운 게 유행이다. 자전거 여행 장비도 그렇다. 몇 년 전부터 바이크 패킹Bike Packing이라는 새로운 스타일도 자리를 잡아가고 있다. 이것은 자전거의 안장과 프레임, 핸들바 등에 장착하는 가볍고 날렵한 형태의 패킹 시스템이다. 장거리 여행을 즐기는 마니악한 사이클리스트들이 프레임에 다는 삼각형 가방을 직접 만들어서 사용하던 것이 시작이었다. 백패킹 장비들이 라이트 백패킹으로 진화하듯이 자전거 여행도 크고 무거운 패니어와 트레일러를 대신해 바이크 패킹으로 변화하는 추세다. 지금 생각하면 조금 올드한 버전으로 자전거를 타고 우리나라의 구석구석을 다녔다.

자전거는 자동차나 기차보다는 느려도 어디에서나 잠시 쉬면서 호흡할 수 있고, 원래의 코스를 벗어나 좁지만 재밌고 아름다운 길로 들어가볼 수 있었다. 자전거를 타고 달려나갈 때, 일이나 미래에 대해서 조금은 천천히 생각해도 괜찮았다. 산고수장 山高水長. 산은 높고, 강은 길다. 산을 넘고 강을 따르며 느리게 달렸다.

우리가 여행한 네 개의 강은 각기 다른 매력이 있었다. 한강은 자전거길과 북한강 철교의 녹슨 구조물이 교차되는, 현대와 근대의 대비를 엿볼 수 있었다. 금강은 부여와 공주를 관통하며 옛 유적지를 둘러보는 재미가 있었고, 영산강에서는 담양과 나주를 지나 목포까지 하루하루 맛있는 음식을 먹으며 힘을 냈다. 낙동강은 아담한 황지연못에서 시작해 남해 바다에 이르기까지 크고 작은 물길과 철새의 생태를 또렷하게 확인할 수 있었다.

가장 힘들었던 코스는 단연 낙동강이었다. 멀고, 길었

다. 그러나 작은 불행을 마주했을 때, 그것을 극복하는 과정에서 더 큰 힘을 얻기도 한다. 엄재백 선배와 나는 자전거 여행의 초심자였고 수많은 실수를 했다. 다만 길에서 만난 사람들의 크고 작은 도움으로 이 여행을 무사히 마무리할 수 있었다.

낙동강을 여행하던 이튿날에는 예상치 못한 소나기 때문에 속도를 내지 못했다. 상주와 구미를 지나 칠곡의 작은 마을을 지날 때쯤 이미 해가 기울었다. 그날의 목적지까지는 약 20킬로미터가 남아 있었다. 저녁도 먹지 못했다. 지친 몸으로 어둡고 젖은 길을 달리기엔 너무 위험했다. 강바람에 손과 얼굴이 돌처럼 얼어 있었다. 구글 지도로 주변을 검색해 '부광식당'이라는 조그만 해장국집을 찾았다. 이층집을 개조해서 아래층은 식당, 위층은 거주 공간으로 사용하고 있는 듯했다. 내부는 여느 시골집과 다름없었다. 내가 들어갔을 때 이미 영업은 끝났고 이웃사촌 예닐곱 명이 모여서 담소를 나누는 중이었다.

주인으로 보이는 남자에게 자전거 여행 중인데 식사

를 하고 마당에서 야영을 해도 될지 물었다. 그곳에 있던 사람들은 며칠은 굶은 듯한 내 얼굴을 보고 눈이 커졌다. 그리고 우리를 따뜻한 방으로 안내했다. 서둘러 새로 지은 밥과 찌개를 내 왔다. 누군가가 우리를 위해 요리를 하는 동안, 누군가는 과일을 깎느라 부산했다. 우리는 이미 초대받은 손님 같았다. 그들의 배려로 거실에서 잠을 자고 따뜻한 물로 샤워도 할 수 있었다. 다음 날 아침, 깊은 안개 속으로 다시 떠나갈 때에는 손을 흔들며 인사했다. 지금도 종종 그들의 친절을 떠올린다.

낙동강에선 유독 힘든 기억이 많다. 그때는 자전거길이 완전히 정비되지 않아서 국도변을 이용해야 하는 경우가 많았다. 길이 복잡하고 경사도 가팔랐다. 미로 같은 지도와 거기서 거기 같은 도로 가운데에서 우왕좌왕했다. 그러다 중심 코스에서 완전히 벗어나버렸다. 엄재백 선배와 나는 의령군 낙서면이라는 곳에 고립됐다. 전날과 비슷한 상황이었다. 사방 어디로 가려 해도 큰 언덕을 넘어야 했다. 의지가 꺾였다. 결국 회사에 전화를 해서 지원 차량을 불렀다. 지원 차량이 오기까지는 네다섯 시간이 걸린다고 했다. 면사무소 근처의 백반집 문을 두드리니 주인아주머니가 쇠고기국과 나물 반찬을 차려줬다. 아주머니는 "에어컨 옆에 쌓아둔 라면은 얼마든지 먹어도 된다"는 말을 남기고는 일찌감치 잠자리에 드셨다. 라면을 더 먹진 않았다. 다만 우리 주변에 누군가 도와줄 사람이 있다는 사실이 긴 여정에 큰 의지가 됐다.

식당에 앉아 긴 밤을 보내며 엄 선배와 여러 이야기를 나눴다. 지금은 정확히 기억나지 않지만, 미래에 대한 어두운 생각들이었던 것 같다. 그런 밤이라면 누구나 비슷한 이야기를 했을 거다. 하루 종일 자전거를 타다가 길을 잃은 밤, 태어나서 처음 와보는 외딴 산골에 고립된 밤, 배를 채우는 것이 허기인지 허무인지 모르는 밤, 그런 궁색한 밤이라면 말이다. 어쨌든 선배와 나는 지원차량을 타고, 방학 중인 초등학교에 내려 운동장에서 비박을 한 뒤 다음 날도 낙동강의 끝을 향해 달렸다. 말티고개, 여차고개 같은 이름만 들어도 무서운 고개를 수차례 넘었다. 닷새째, 강물이 바다로 흘러드는 을숙도에 다다라 처음으로 함께 사진을 찍었다.

"끝이구나."

강과 새들에게 인사했다.

지금 생각해보면 이 여행의 처음과 끝은 엄재백 선배였다. 내가 일 년도 채우지 못하고 타 잡지사로 이직하게 되면서 선배와는 연락이 끊겼다. 몇 년 동안은 그저 바삐 일했고, 뒤를 돌아볼 겨를이 없었다. 하나 우리가 보낸 춥고 배고픈 밤으로 돌아갈 수 있다면, 기꺼이 다시 돌아가 그 밤을 맞이하고 싶다. 어두운 미래도, 무거운 현실도 함께 나눌 동료만 있다면.

문밖의 친구

문밖에서는 친구가 필요하다. 자연에서는 작게 접히는 가벼운 의자나 오랜 시간 준비한 완벽한 계획보다도 친구 한 명의 존재가 더 소중하다. 친구는 서로의 안전을 지키고 방향을 결정하며 두꺼운 책처럼 문밖의 삶에 대해 고찰하게 한다. 누군가 서핑이나 하이킹을 시작하고자 한다면, 무엇보다 친구를 받아들일 준비가 되어 있는지 생각해봐야 한다. 친구 없이는 더 멀리 떠나기 어렵다. 혼술도 좋지만, 혼술만 해서는 진정한 술의 즐거움을 알 수 없듯이. 다행히도 나에게는 많은 친구가 있다.

그들은 흙과 땀에 젖은 채 먼 길을 걷길 주저하지 않고, 좋은 파도를 만나기 위해 삶의 거처를 옮겨 다니며, 춥고 배고픈 밤을 기꺼이 받아들인다.

사진가 오충석은 나와 함께 문밖에서 가장 많은 시간을 보낸 친구 중 하나다. 우리가 취재를 위해 처음 만났을 때만 해도 그는 야영을 전혀 해본 적이 없었다. 밤이 오면 차로 가서 담요를 덮고 잠을 청했다. 다만 그는 음악을 사랑했다. 오충석은 평소 인디 뮤지션들과 어울리며 그들의 모습을 사진으로 기록했다. 그의 스튜디오에 가면 적갈색 바이올린, 클래식 바이닐을 모은 나무 상자, 크고 작은 스피커가 가장 먼저 보였다. 자연은 오래전부터 그와 함께했던 것이다. 음악의 기원을 따라가다 보면 숲과 바다가 나오고, 사진은 빛과 어둠이 만든 세계니까.

십 년 전 서핑을 알기 위해 처음 양양에 갔을 때도, 호주에서 캠핑과 서핑을 하며 여행할 때도, 사막처럼 넓은 해안사구를 찾아 대청도를 찾았을 때도, 대둔산에서 사흘 동안 겨울 사냥을 취재할 때도 그와 함께였다. 언제부터인가 오충석은 혼자서도 하이킹을 간다. 체코에서 영국까지 횡단하는 자전거 여행 프로젝트의 사진가로 참여했고, 백패커들의 로망인 브랜드의 사진 촬영을 위해 스웨덴에 두 번 다녀왔다. 얼마 전에는 스코틀랜드에 대한 책 작업을 위해 현지를 캠퍼 밴으로 여행했다. 이제는 그가 나에게 문밖에 대한 영감을 준다. 그의 사진을 볼 때 즐겁다. "일출은 산이, 일몰은 바다가 멋지다"는 그는 빛과 어둠을 섬세하게 감지하는 몇 안 되는 사람이어서 더 좋다.

스노보더이자 서퍼이자 캠퍼인 이원택은 아침 일찍 양양에 가면 가장 먼저 찾는 친구다. 양양에 살고 있는 그는 굳이 꼭두새벽부터 서핑을 해야 할 필요가 없지만 친구를 위해 눈꺼풀에 달린 잠을 털어낸다. 이원택은 이십 대에 일본에서 여행자 생활을 하며 스노보드와 관련된 일을 했다. 주로 스키 리조트에서 스노보더를 위해 파크를 만드는 일이었다. 그가 북해도의 스키 리조트에서 길을 잃어 죽을 뻔한 얘기나 발리의 시크릿 포인트를 찾아 서핑을 떠난 얘기는 언제 들어도 흥미롭다.

액션 스포츠를 다루는 『엑스엑스엘 스타일』 매거진의 편집장이었고, 아웃도어 브랜드의 마케터로 일했으며, 스노보드와 서핑을 기반으로 한 『리얼맥』 매거진을 직접 창간하기도 했다. 이력만으로도 그가 얼마나 문밖의 세계에 심취해 있는지 알 수 있다. 스노보드가 지나간 설원의 한 줄기 눈자국처럼 일관된 삶을 살 수 있다는 건 축복일 것이다. 삶에 거짓이 없다는 거니까. 지금 이원택은 강원도 고성에서 인테리어 일을 하며 틈날 때마다 서핑을 한다. (미래의 스노보더이자 서퍼인) 한 아이의 아빠다.

나는 서핑과 백컨트리 스키를 그에게 배웠다. 또한 기술을 익히는 것만큼 문화를 이해하는 것이 중요하다는 점도 그와 대화하며 깨우쳤다. 오키나와로 서프 트립을 떠났을 땐, 서프보드를 테이블로 활용하는 서퍼들의 초간단 캠핑 스타일도 알게 되었다. 작년 1월 1일에는 그와 함께 일출 서핑을 했다. 서퍼들은 새해 첫날, 바다 위에서 떠오르는 해를 맞이하기 위해 두꺼운 슈트를 입고 차가운 바다에 들어가곤 한다. 등산을 하는 사람들이 정상에서 일출을 보는 것과 비슷하다. 이원택과 나는 눈이 무릎까지 쌓인 해변을 헤치고 바다에 들어갔다. 키보다 높은 파도가 부서지던 날이다. 이런 날은 친구 없이 바다에 들어갈 수 없다. 친구는 서로의 안전을 지키며 최고의 순간에 대한 증인이 되어준다. 우리는 넘실대는 파도 위에서 미래를 맞이할 준비를 했다. 해변에는 동해의 일출을 보기 위해 모여든 수많은 사람들이 띠를 이루고 있었다. 해가 떠오르자, 해와 함께 바다에 떠 있는 기분이 들어서 좋았다. 이원택은 그 순간의 유일한 증인이었다.

『WSB FARM』 매거진의 한동훈, 엄준식, 장래홍은 서핑을 이제 막 시작하던 초심자 때 만났다. 발리에서 돌아온 그들에게서는 취향이 뚜렷한 사람의 물건들처럼 연대감이 느껴졌다. 한 가게에서 산 노트와 연필 같았다. 'WSB FARM'은 'White Strawberry Farm'의 줄임

말이다. 한동훈은 흰 딸기처럼 이 세상에 없는 브랜드를 만들고 싶어서 이렇게 이름을 지었다고 한다. 내가 한동훈을 처음 만났을 때, 그는 발리에서 구한 원단으로 현지의 봉재와 염색 과정을 거쳐 보드쇼츠와 티셔츠를 만들고 있었다. 그는 기록에 대한 열정도 커 보였다. 국내외 서프 문화를 기록한 영상을 제작했고, 곧이어 계간지 형태의 서핑 매거진을 발행했다. 이는 현재도 진행형이다. 사진을 찍던 엄준식은 가족이 있는 스리랑카로 떠났지만 자유로운 그의 영혼은 어디에나 있는 것 같다. 서핑을 할 때면 그의 조언과 몸짓을 항상 떠올린다.

한동훈과 장래홍은 우리나라의 서핑 포인트에 웹캠을 설치해 누구나 실시간으로 파도를 확인할 수 있는 혁신적인 방법을 고안했다. 흰 딸기처럼, 그들이 손수 설치한 웹캠은 바다를 바라보고 있는 서핑숍이나 가등에 열매처럼 달려 있다. 강원도, 제주, 부산, 서해에 걸쳐 설치된 오십여 개의 웹캠은 WSB FARM 앱을 통해 무료로 확인 가능하다. 왠지 게을러 보이고 계획성이란 없어 보이지만 서프 문화를 만들어가는 데는 진심인 그들이다. 한동훈은 거친 파도도 뚫고 들어가는 용기를, 엄준식은 좋은 파도를 고르는 신중함을, 장래홍은 파도에서 내려와 주변을 둘러보는 여유에 대해 알려줬다. 또한 문화에 있어서, 과수원의 파수꾼처럼 수많은 열매 중 무엇이 건강하고 무엇이 곪거나 상한 열매인지 골라내는 분별력도 그들과 대화하며 키울 수 있었다.

임동진과 최지실 부부는 해를 거듭할수록 바위를 닮아간다. 바위를 오르다보면 그리 되는 것이다. 바위의 몸을 더듬고 바위의 맥을 짚고 바위의 온도를 느끼면서 바위의 일부로 살아간다. 이들과는 『고아웃』의 에디터와 독자로 만났다. 둘은 별안간 세계 여행을 다녀오겠다며 회사를 그만두고 떠났다. 떠나기 전에 필요 없는 물건은 친구들을 집으로 초대해 나눠주었다. 비울수록 멀리 갈 수 있다는 걸 깨달은 것이다. 그들에게 남은 건 야영과 등반을 위한 몇 가지 장비들뿐이었다. 약 일 년 뒤다시 돌아왔을 때 임동진은 미역줄기 같은 레게 머리와 덥수룩한 수염을 기르고 있었다. 최지실은 반들반들한 바위처럼 멋진 이마를 가지게 되었고.

둘은 바위를 오를 자격에 대해 생각하게 한다. 그들은 바위가 살아 있다고 말한다. 인간이 바위를 오르는 게 아니라 바위가 인간을 등에 태워준다는 마음. 그러니 등반은 힘으로만 되는 것이 결코 아니다. 얼마 전에는 임동진과 둘이 불암산을 찾아 크고 작은 바위를 올랐다. 공깃돌 같은 바위가 여기저기 널려 있었다. 클라이머들은 이런 바위를 오르는 걸 볼더링Bouldering이라고 부른다. 그리고 바위마다 이름을 붙인다. '비보이를 사랑한 발레리노'처럼 근사한 것도 있다. 누군가는 클라이머를 거미에 비유하는데, 이는 관찰력이 부족한 표현이라고 생각한다. 클라이머는 거미보다 유려하고 복잡한 몸짓으로 바위를 오른다. 춤을 추는 듯하다. 한 발로 중심을 잡는 발레리노처럼. 임동진에 따르면 춥긴 해도 겨울 산이 볼더링을 하기에 좋다고 한다. 수분이 날아간 바위에선 손과 발을 디딜 자리를 더욱 섬세하게 감지할 수 있다는 것이다. 간혹 클라이머들이 움켜쥔(다고 표현하기 민망할 정도로) 작은 요철은 그 존재가 너무 미약해서

옷에 붙은 빵 부스러기같이 느껴진다.

　이들 부부는 세계 여행을 다녀온 뒤 클라이밍 의류 브랜드를 운영하고 있다. 또 오로지 운동만을 목적으로 지하실을 임대해 작은 암장을 만들었다. 지하 암장은 내려가야 있지만, 오르기 위해 존재한다. 그들은 오늘도 지하 세계에서 오름을 위한 전완근과 코어를 단련한다.

　곽용인과 길고은은 서울의 삶을 정리하고 강원도 고성에서 산다. 곽용인 역시 『고아웃』의 독자로서 알게 됐다. 그는 옷 만드는 일을 했다. 잘 만든 한 장의 셔츠처럼 말끔한 태도를 가진 청년이었다. 때때로 그와 서핑을 함께했다. 어느 날엔가 옷 만드는 일을 그만두고 도자기를 배운다고 했다. 그는 옷을 만들었으므로 도자기도 잘 만들 수 있을 것 같았다. 옷과 도자기는 취향과 품격을 담는 물건이니까. 바다를 사랑했던 그는 고성의 고즈넉한 해변 근처에서 오래된 한옥을 발견하고 그 집을 고쳐서 카페와 도자기 작업실로 만들었다. 길고은은 그런 곽용인을 옆에서 도왔다.

수년 전, 공사를 막 마무리하고 문을 연 그들의 카페에 찾아갔다. 둘은 한동안 주방에서 잠을 자며 생활했다. 커피를 볶던 주방에서, 직접 구운 그릇과 잔이 달빛을 담아내는 주방에서, 바람과 파도 소리가 교대로 오고가는 주방에서 말이다. 부부가 된 그들은 이제 더 이상 주방에서 잠들지 않아도 되지만 주방은 이들의 온기를 기억하고 있다. 그 온기가 향기로운 커피를 만든다고 믿는다. 곽용인, 길고은 부부는 서핑을 하러 고성을 찾은 친구들에게 기꺼이 자신들의 공간과 시간을 내어준다. 아침이면 사랑이 가득한 커피가 놓여 있고.

문밖의 친구에 대해 말할 때 데이빗을 빼놓을 수 없다. 데이빗은 나의 반려견이고 올해로 열세 살이다. 여느 개처럼 간식과 산책을 좋아한다. 눈이 오면 창밖으로 날리는 눈발을 감상한다. 데이빗과는 어디든 함께 간다. 이제는 짐을 챙기고 있으면, 어느새 눈치를 채고 주위를 서성인다. 주로 집 근처의 용마산과 아차산을 가지만 먼 산과 바다로 떠나기도 한다. 데이빗은 나보다 길을 잘 찾는다. 지리산에서 내려오는 계곡을 따라 래프팅을 할 때도, 나흘 동안 양양에서 머물며 서핑을 할 때도 데이빗을 데리고 갔다. 데이빗은 짐을 옮기거나 야영 장비를 설치하지는 못해도 언제나 친구가 되어준다. 추운 날에는 서로를 꼭 껴안고 잠든다. 두꺼운 침낭이나 난로 못지않게 따뜻하다.

이밖에도 소개하고 싶은 친구가 많다. 발리에서 살기 위해 떠난 동갑내기 친구 김지용과 그의 아내 조은아, "내 발목을 잡을 수 있는 건 리쉬뿐"이라는 명언을 남긴 유장한, 글과 그림으로 문밖 그 너머를 표현해내는 윤성중 선배, 아쿠아슬론의 즐거움을 알게 해준 지윤근, 트레일 러닝 취재가 있을 때면 가장 먼저 연락하는 고민철과 박준섭, 서핑을 하며 음악을 만드는 박일, 산이 좋아 설악산 아래로 이사한 오진곤 김민정 부부, 한때 아웃도어 크루가 되어 전국을 함께 누비던 명재범과 홍승철까지. 문밖은 소유가 아닌 경험의 세계이기에 물과 흙과 공기를 섬세하게 딛고 일어설 수 있는 사람들만이 나의 친구가 되었다. 그들의 시간을 기록하는 것이 나의 일이다. 나의 꿈은 숲과 해변의 요정으로 살아가는 길고양이와 너구리까지와도 친구가 되는 것이지만, 그것은 내가 숲과 해변이 되어야 하는 일일 것이다. 언젠가 꼭 그럴 때가 오리라 생각한다.

하루쯤 지내도 되겠습니까?

"길을 잃지 않기 위해 문밖의 시간을 기록하고자 한다"
는 문장을 마음의 책상 앞에 붙이고, 오랜만에 느긋한
기분으로 동네를 거닐었다. 이른 아침이어서인지 지나
다니는 사람이 드물었고(그게 좋았다), 뚜렷한 방향도
없이, 당도해야 할 곳도 없이, 걸어야 할 이유도 마땅히
없이 걷다보니 다시 집 앞이었다.

돌아왔다.

새소리를 들었고, 손차양하고 고개를 들어 짙고 연한
초록빛 나뭇잎들을 보았고, 길가에 떨어진 작은 깃털 하

나를 주웠다. 텅 빈 놀이터 벤치에 앉아 아직 열기가 스며 있지 않은 바람에 더위를 식혔다. 땀을 닦은 손수건에는 '돌고래의 언어'라 의역될 만한 문구가 영문으로 인쇄되어 있었다. 제주도의 한 소품 가게에서 기념으로 사 온 것이다(무엇을 기념하기 위해서였을까?). 어떤 종일까? 어디에서 온 것일까? 어디로 가는 것일까? 자문하는 대신 회갈색의 자그마한 깃털을 손수건으로 조심스럽게 싸서 주머니에 넣는 사람을 상상하며 메모했다.

내가 오늘 아침 숲속에서 가져오고 싶었던 건 그저 작은 아름다움.

작은 아름다움이 아니라 왜 '그저' 작은 아름다움일까.

생각했다.

자연과 인간을 연결하는 것. 삶의 태도에 대해 자연에서 답을 얻는 것.

이제위가 문밖으로 자주 나가는 연유에 관해 곱씹었다(그것은 나의 삶에 관한 것이기도 했다). 그는 자연의 행간을 읽어내며 생의 의미를 발견하고 있는 것이리라.

최근 길을 잃은 채 살고 있다는 기분을 자주 느꼈다. 마침내 그런 시절에 닿은 것이다. 더는 올라가고 싶지도, 흘러가고 싶지도 않은. 살며 얻어야 할 것보다 살며 잃어버린 것들을 수시로 떠올렸다.

어린 시절 너무 싫어했던 동시에 너무 좋아했던 일이 있다. 조기 청소다. 새벽녘 교정에 모여 다 함께 학교 인근을 정화하는 활동. 이불 밖으로 나오기까지는 험난해도 상쾌한 공기를 들이마시고 내뱉으며 혼자 학교로 향하던 그 짧은 청록의 시간은 행복했다. 어쩌면 그것은 내가 최초로 경험한 문밖의 시간이었는지도 모른다.

이재위의 기록물(어쩐지 글이라는 말 대신 쓰고 싶다)을 읽으며 내가 머리가 아니라 가슴으로 먼저 되찾은 건 잊고 있던 행복감이었다.

(산으로 둘러싸인, 강이 흐르는, 무덥고, 눈이 퍽퍽 쌓이는, 드넓게 펼쳐진 평야와 깊은 땅굴이 있는, 철새가 무리 지어 날고, 밤이면 별들이 쏟아질 듯한 하늘이 펼쳐지는) 강원도에서 나고 자란 나는, 부모님을 따라 낚시하러 다녔던 (것보다 낚싯대를 버려두고 걸어 다니길 좋아했던) 나는, 여름 한철이 가는 게 아쉬워 토요일 오전 수업이 끝나면 친구들과 우르르 강으로 몰려갔던 (그때 그 시내버스 속) 나는, 눈 쌓인 산을 올라 비닐 포대를 깔고 미끄러져 내려오며 (눈의 정령을 보고도) 두려워하지 않았던 나는 어디로 간 것일까? 호주머니에 넣어둔 작은 깃털을 오랫동안 잊고 지낸 사람이 된 것 같았다.

색이 바랜 시간의 손수건을 펼치자 거기 여전히 생생한 기쁨이 있었다.

"기억도 책장처럼 정리할 수 있다면 손이 자주 가는 키 높이 어딘가에 꽂혀 있을 것"이라는 이재위의 전언이 종이를 뚫고 나와 그토록 또렷하게 들린 건 내가 자연에 연결되어 있었다는 것, 그 감각이 되살아나서였을 테다.

이 책에는 '그저' 자연에 놓임으로써 되살아난 인간의 경험이, 행복이 세밀하게 적혀 있다. 이재위는 스물네 살에 에디터의 길로 접어든 그이의 이력답게 자연과의 연결감, 연대감을 되살리는 것이 우리 생을 더욱 입체적으로 만든다는 오래된 이야기를 지금 여기, 현장으로 끌어온다. "우리가 잃은 채 살아가는 것이 원근감뿐일까?"라는 물음과 가장 기본적인 움직임만으로도 비로소 자유를 얻게 된다는 요령, 우리 삶이 무게가 아닌 균형에 관한 것이라는 깨달음은 인간의 성숙이란 거리나 시간으로 측정할 수 없는 과정이라는 사실을 뜨겁게 전달한다.

무엇보다, 사람이 사람의 받침이 되어주는 일에 관해 자주 생각하는 내게 자연을 경위해 이재위가 당도하는 곳이 사람이라는 것, 사람이 자연에 속해 있음을 증명하는 얘기들이라는 점은 특별했다. 문밖의 시간이란 문밖의 의미만이 아니라 문 안쪽의 의미를 다시 살피게 하는 것이라는 그이의 믿음에 기댈 수 있겠다 싶었다.

(이재위는 이미 아는 것 같지만) "사랑하는 사람의 성장을 지켜보는 일은 정말 즐겁다."

이재위를 알고 지낸 지 18년이 되었다. 그와 나는 대학 선후배로 만나 함께 시를 썼다. 그 시절 우리에겐 시가 곧 문밖이었고, 문의 안쪽이기도 했다.

"어제는 밤새도록 친구와 이야기하다가 아침 여섯 시를 넘겼습니다. 이곳은 바람이 세서 밖에 나가기가 두려울 정도입니다. 용기 내서 실컷 돌아다니다가 서울 올라

가서 뵙겠습니다"라던 재위가, 어릴 때 경풍을 앓은 재위가, 가위에 잘 눌려 천주교 묵주를 손에 쥐고 자거나 잠자리에 들 땐 꼭 축성받은 목걸이를 찾는다는, "건강해 보이지만 저는 겁이 많습니다. 지금도 혼자 잘 땐 불을 켜고 잡니다"라던 재위가, "어제도 술을 많이 마셔서 속이 안 좋습니다. 이제 적당히 마시면서 책 한 권이라도 더 보고 시 한 편 더 써야겠습니다"라던 재위가, "아 그리고 이건 정말 술 한 잔 들어가야 할 수 있는 말이긴 하지만 형이 제게 '시 동지' 이렇게 말해주신 적이 있거든요. 크. 감동. 캬" 하던 재위가, "이러다가 근근이 돈 벌어 떠돌아다니며 살게 될지도 모르겠어요"라던 재위가 내게 마지막으로 보내온 습작 시에는 이런 시구가 적혀 있었다.

나는 기다리는 사람

새는 날지 못하게 된 뒤에도 비행의 언어만을 구사한다

길들여지지 않는 문장을 우리는 새라고 불렀다

'길들여지지 않은' 문장이 아니라 '길들여지지 않는' 문장이 있다면 그런 사람도 있을 테고 그 사람을 새라고도 부를 수 있겠다. 이재위를 그리 불러도 좋겠다는 생각이 든다. 언젠가 숲이나 해변이 되어 길고양이와 너구리의 친구가 되겠다는 사람이 아닌가.

"누군가를 이해하려면 그의 세계에서 하루쯤은 지내봐야 한다"고 이재위는 말한다. 누군가의 자리에 사람이 아니라 자연을 넣어도 그렇겠고, 기쁨이나 슬픔, 우정과 사랑을 넣어도 맞춤할 것 같다. 무엇보다 글의 자리가 거기이기도 할 것이다. 그렇게 생각하면 어쩐지 "난쿠루 나이사(어떻게든 될 거야)." 언제든 글이 쓰일 것 같은 기분.(그렇지, 재위야?)

돌아오고 보니 내가 이 글에 쓰고 싶던 모든 문장은 그저 이것 하나로 충분했을지도 모른다는 생각이 든다.

뭐든지 천천히 오래 하길 좋아하는 '그대의 처음'에 묶게 되어 기쁘다.

"파도는 좋아?" 아내가 묻는다. "괜찮은 것 같아"라고 말하지만 때로는 파도가 좋지 않아도 바다에 들어간다. 비가 오는 날에 숲에 들어가듯이, 옷이 젖은 채 길을 걷 듯이, 바람 사이에서 불면의 밤을 보내듯이. 그렇게 단 하나의 파도도 타지 못하는 날도 있다. "재밌었어?" 바 다에서 나오는 나를 보며 아내가 묻는다. "응, 재밌었어" 라고 대답한다. 정말로 그렇다. 파도를 타지 못해도 좋 다. 서핑은 항해이자 명상이고 음악이고 춤이고 독서이 고 산책이며 호흡이기 때문이다. 야영이나 달리기 또한 그렇다고 생각한다. 문밖에는 성공과 실패가 아닌 모험 과 탐구만이 있다. 아내도 그것을 안다. 그러므로 "파도는 좋아?"라는 물음은 그저 문밖을 향한 인사이자 격려이고 기도이고 고백이다. 바다로 나아갈 때, 숲을 달려나갈 때, 하늘 아래서 밤을 지새울 때 그 인사가 우리를 지켜줄 거라 믿는다. 이 책은 그 고마운 인사에 대한 나의 긴 대답이다.

2023년 8월

이재위

오늘 파도는 좋아?

초판 1쇄 발행 2023년 8월 31일

지은이   이재위
편집   김선영
디자인   김지원
조판   한향림

펴낸곳   핀드
펴낸이   김선영
등록   2021년 8월 11일 제2021-000312호
주소   06300 서울시 강남구 논현로24길 42, 201호
전화   02-575-0210
팩스   02-2179-9210
이메일   pinned@pinned.co.kr
인스타그램 @pinnedbooks

ⓒ 이재위 2023
ISBN 979-11-981721-1-2 03810

우리는 낮과 밤처럼
완전히 다른 온도를 지니고 살아왔지만
캠핑을 통해 낮과 밤을 모두 보내며
서로를 이해해나가고 있다.

가끔 누군가를 이해하려면
그의 세계에서 하루쯤은 지내봐야 한다.

핀드
처음

다시없을 처음의 순간,
오래 기억될 작가의 첫 책

'처음핀드'는 핀드가 발견하고 주목한 작가의 '첫 책' 시리즈입니다.
새로이 만나는 작가, 장르를 불문한 오롯한 이야기를 찾아 선보입니다.

문밖에서 문안의 의미를 살피게 하는 기록

자신의 야영지 또는 인생에서
무엇이 얼마만큼 필요한지를 아는 것은
얼마나 중요한 지혜인가

———————

이 책에는 '그저' 자연에 놓임으로써 되살아난 인간의 경험이, 행복이 세밀하게 적혀 있다. 이재위는 스물네 살에 에디터의 길로 접어든 그이의 이력답게 자연과의 연결감, 연대감을 되실리는 깃이 우리 생을 더욱 입체적으로 만든디는 오레된 이야기를 지금 여기, 현장으로 끌어온다. "우리가 잃은 채 살아가는 것이 원근감뿐일까?"라는 물음과 가장 기본적인 움직임만으로도 비로소 자유를 얻게 된다는 요령, 우리 삶이 무게가 아 닌 균형에 관한 것이라는 깨달음은 인간의 성숙이란 거리나 시간으로 측정할 수 없는 과정이라는 사실을 뜨겁게 전달한다.

김현 시인 ———————

ISBN 979-11-981721-1-2 03810
값 16,800원